Histoires
à faire
rougir
davantage

MARIE GRAY

Histoires à faire rougir davantage

Guy Saint-Jean
ÉDITEUR

Données de catalogage avant publication (Canada)
Disponibles à la Bibliothèque nationale du Québec

Nous reconnaissons l'aide financière du gouvernement du Canada par l'entremise du
Programme d'Aide au Développement de l'Industrie de l'Édition (PADIÉ) ainsi que celle
de la SODEC pour nos activités d'édition.

Gouvernement du Québec – Programme de crédit d'impôt pour l'édition
de livres – Gestion SODEC

© pour l'édition originale Guy Saint-Jean Éditeur Inc. 1998 (ISBN 2-89455-043-X)
© pour cette édition en livre de poche Guy Saint-Jean Éditeur Inc. 2002

Infographie: Christiane Séguin
Révision: Hélène Lavery

Dépôt légal 1er trimestre 1998
Bibliothèques nationales du Québec et du Canada
ISBN 2-89455-124-X

DISTRIBUTION ET DIFFUSION
Amérique: Prologue
France: Vilo
Belgique: Diffusion Vander S.A.
Suisse: Transat S.A.

GUY SAINT-JEAN ÉDITEUR INC.
3154, boul. Industriel, Laval (Québec) Canada H7L 4P7. (450) 663-1777.
Courriel: saint-jean.editeur@qc.aira.com. Web: www.saint-jeanediteur.com

GUY SAINT-JEAN ÉDITEUR – FRANCE
48, rue des Ponts, 78290 Croissy-sur-Seine, France.
(1) 39.76.99.43. E-mail: gsj.editeur@free.fr

Visitez le site web de l'auteur: www.mariegray.com

Imprimé et relié au Canada

À Samuel, mon fils, conséquence directe de l'écriture de Nouvelles histoires à faire rougir *(1996)*
(en espérant qu'il ne rougira pas de honte quand il sera assez grand pour comprendre le genre de choses que sa maman écrit!)

Chères lectrices et chers lecteurs,

À l'aube de la parution de mon troisième recueil de nouvelles érotiques, j'avais envie de me laisser aller à quelques petites fantaisies d'auteur. C'est pourquoi je prends ces quelques lignes pour vous témoigner ma gratitude, à vous tous et toutes qui avez contribué à faire de mes deux premiers livres des succès.

J'ai eu la chance de rencontrer quelques-uns d'entre vous au fil des années, durant des événements littéraires, au Salon du Livre ou ailleurs. Ce qui m'a davantage frappée, et fait le plus plaisir, fut de voir que malgré les différences d'âge, de style ou de genre, vous partagez tous cette petite étincelle coquine dans les yeux!

J'espère de tout cœur que vous trouverez dans ce recueil de quoi vous divertir, vous faire sourire et, pourquoi pas, rougir un peu...

Bonne lecture et, surtout, bon plaisir!

Sincèrement,
Marie Gray
Janvier 1998

Remerciements

*Tant de monde pour faire — et vendre! — un livre! J'ai-
merais remercier chaleureusement tous les professionnels
qui ont contribué au succès de mes livres jusqu'à ce jour. Il
y en a tant que je ne peux tous vous nommer, sinon mon édi-
trice me taperait littéralement sur les doigts!*

*Donc merci pour votre excellent travail, votre profession-
nalisme, votre dévotion et votre savoir-faire à tout le monde
chez Guy Saint-Jean Éditeur, à tous les représentants com-
merciaux, journalistes, recherchistes, libraires, acheteurs,
critiques, chroniqueurs, correcteurs et réviseurs, graphistes,
tous mes collègues, j'en oublie et m'en excuse...*

*Merci particulièrement à Claire C., Carole M. et Nicole.
Mais merci, surtout, à ma famille, mes amis, et bien sûr, à
Phill, mon amant, mon ami, mon amour, mon instrument de
recherche et mon outil de vérification...*

FLAGRANT DELIT

Je me souviens très bien de ce matin du mercredi 12 octobre. Voilà bien un matin où je n'aurais jamais dû me lever! Lorsque le réveil me tira de mon profond sommeil, mon épouse dormait paisiblement, la jaquette de flanelle bien attachée, le visage enduit d'une crème «rajeunissante». Si mes souvenirs sont bons, je rêvais, avant le vacarme désolant de ce réveil abrutissant, que ma tendre épouse, après s'être débarrassée de la robe de nuit encombrante et de la crème, avait glissé sous les couvertures et me suçait copieusement, chose à laquelle elle était fort peu encline depuis de trop nombreuses années. Je l'aime tendrement mais, à ce chapitre, nos relations sont davantage platoniques. Enfin...

Pour en revenir à ce matin du 12 octobre, je combattais un mauvais rhume depuis environ une semaine. La journée s'annonçait grise, quoique à cette heure, il faisait encore trop sombre pour en être certain. Une petite voix intérieure me murmurait inlassablement «reste couché, ce matin. Tu peux te le permettre! Une seule journée... quand as-tu jamais été malade?» J'étais fort tenté. Il est vrai que je n'ai jamais vraiment profité de «journées maladie» et qu'il serait merveilleux d'éteindre l'appareil maudit et de dormir tout l'avant-midi dans la chaleur du lit conjugal, mais le devoir m'attendait. Mon travail me plaît bien. Je suis agent de sécurité et, ayant accumulé le plus d'années de service pour la chaîne de magasins *Les Galeries de la Mode*, je passe mes journées confortablement installé derrière les écrans reflétant discrètement tout ce qui se déroule dans les divers départements de l'établissement.

Je n'avais tout de même pas mérité ce poste à cause de mes beaux yeux! Et, ce fameux poste, il était parfait: je pouvais rester assis à longueur de journée, sans avoir à faire le tour des départements sans relâche. Je n'avais pas d'arme à porter — je déteste les armes à feu! — puisque j'étais à l'abri de tout problème. Pas qu'il en arrivait des masses... De toute ma carrière, je n'avais assisté qu'à deux vols à main armée. C'était pas mal, en près de quarante ans. Mais je préférais, et de loin, la sécurité de mon poste, surtout à mon âge. Je n'ai plus envie de courir après de petits malfaiteurs ou d'empêcher les adolescents de flâner. Et puis, avouons-le, pourquoi passerais-je la journée debout, alors que je peux m'asseoir?

Quand les dirigeants des *Galeries de la Mode* avaient opté pour le système de sécurité actuel, ils avaient eu un mal fou à déterminer la personne de confiance pour surveiller le tout. Le problème n'était pas tant la quantité de caméras, puisque dix-huit n'était pas un nombre exceptionnel. En fait, ce qui était plus délicat, c'étaient les caméras qui avaient été installées dans les cabines d'essayage. Beaucoup d'agents s'étaient portés volontaires pour ce travail, espérant pouvoir passer la journée à regarder des femmes se déshabiller devant eux. Ceux-là n'avaient rien compris! Je suis extrêmement fier du travail que j'accomplis. Et si on m'a confié ce poste, c'est parce que je suis assez professionnel pour ne pas m'attarder plus longtemps que nécessaire sur ces cabines. Je ne suis pourtant pas plus idiot qu'un autre! Mais si une femme ne peut plus faire ses emplettes en paix sans se demander qui la regarde lorsqu'elle essaie des vêtements, c'est vraiment dommage! Il fallait donc trouver quelqu'un qui saurait garder la bouche cousue. *Les Galeries de la Mode* n'avaient nulle intention de faire savoir à tout le monde qu'on y surveillait les femmes jusque dans les cabines d'essayage! Ç'aurait été catastrophique: toutes sortes d'associations s'en seraient mêlées et ils auraient dû abandonner l'idée. Et pourtant, c'est précisément dans ces petites cabines que se commettaient le plus de vols à l'étalage.

Bref, c'est moi qui, par mon expérience, ma discrétion et mon professionnalisme ai eu le job. Et j'en ai attrapé plus d'une! Oh! il est assurément très tentant de se poster devant les écrans correspondant aux cabines et de suivre tout ce qui s'y passe... les clientes des «Galeries» sont généralement des femmes assez à l'aise, belles et élégantes, mais j'ai passé l'âge de telles folies et j'espère secrètement que nos compétiteurs font preuve de jugement avant de confier ce genre de tâche à leurs employés. Enfin.

C'est ce sens du devoir qui me procura le courage nécessaire pour résister à l'appel, si tentant, de ma voix intérieure. Je me levai péniblement, jetant un regard envieux à ma tendre épouse qui dormait toujours et me dirigeai vers la douche. Je pensais avoir oublié mon rêve, mais il me revint férocement en mémoire à la vue de mon membre dressé sous le jet chaud. J'imaginai la bouche de ma douce Solange l'emprisonner tendrement, puis le lécher avec appétit, comme elle le faisait jadis. À l'époque où elle dormait nue, de corps et de visage... Distraitement, j'enduisis ma verge de savon et laissai glisser ma main de haut en bas, sentant mon rythme cardiaque s'accélérer. Quand avais-je, pour la dernière fois, carcssé cette queue paresseuse? Je fus agréablement surpris de l'état d'excitation dans lequel je me trouvais et eus l'idée de réveiller Solange pour lui faire partager mon désir. Mais l'heure passait et ma douce moitié ne serait probablement pas aussi réceptive que mon organe qui était tendu à l'extrême. Je jouis dans un sursaut, me fis une brève toilette et me rendis au boulot.

La matinée se déroula lentement, sans qu'aucun événement spécial ne vienne le perturber, jusqu'à ce qu'Elle fasse son entrée: celle qui allait réveiller mes instincts endormis et tout bouleverser dans ma vie. Je l'aperçus d'abord dans l'écran surveillant l'entrée du magasin: environ vingt-cinq ans, blonde, avec beaucoup de prestance et d'apparence soignée. Je vois tous les jours de jolies femmes franchir ces portes, mais elle était vraiment éblouissante. Elle semblait pressée, comme beaucoup de clientes cherchant un article particulier et profitant de la courte pause du midi pour se le procurer. Elle se dirigea tout droit vers le rayon de la lingerie. Je suivis attentivement son corps qui avançait gracieusement, malgré les élégantes chaussures à talons hauts et le tailleur ajusté. Ses cheveux étaient impeccablement coiffés et j'aurais pu jurer qu'elle portait l'un de ces parfums capiteux et terriblement chers, Shalimar ou Opium. Devant l'étalage des dessous féminins, elle retira ses gants d'un geste lent et délibéré qui, inexplicablement, me fit bander. Elle avait l'air si sûre d'elle! Probablement le genre de cliente difficile, exigeant la plus haute qualité et un service irréprochable. Heureusement, la jeune vendeuse était une connaisseuse. Elle lui conseilla quelques modèles et la guida vers les cabines d'essayage. Je pris une profonde inspiration. Il était inadmissible que je profite de cette occasion rêvée; néanmoins, il aurait été surhumain d'y résister. J'étais désemparé, ne pouvant expliquer cet attrait soudain et irrésistible face à cette inconnue. Moi d'habitude si respectueux envers l'intimité des clientes, j'étais incapable, physiquement autant que psychologiquement, de détacher mon regard des écrans surveillant les cabines d'essayage et tentais frénétiquement de deviner celle qui lui serait assignée. La préposée la guida vers la cabine numéro 3 et la belle étrangère s'y engouffra. Je m'imposai une limite d'une minute, après quoi je retournerais à mes occupations. À peine le temps d'apercevoir son image plus clairement.

Il faut comprendre que j'ai toujours été fidèle à ma femme, en pensées autant qu'en actes. Le mois dernier, alors que nous célébrions notre trente-cinquième anniversaire de mariage, j'étais ému, heureux, fier, me comptant chanceux d'avoir passé tant d'années en sa compagnie, jouissant d'un bonheur paisible et sans histoires et j'espérais passer ainsi le reste de ma vie. J'y compte toujours! Le fait que je sois sensible à la vue d'une jolie jeune femme à la jupe trop courte n'altère en rien mon amour pour ma femme... même s'il m'arrive, à l'occasion, de tenter de deviner de qui se cache sous cette jupe. Ma femme, Solange, m'aime encore aussi, je crois. Sinon, elle ne serait pas aussi attentionnée et douce envers moi. Nos enfants volent depuis plusieurs années de leurs propres ailes, nous apprécions toujours notre compagnie mutuelle et les soirées tranquilles avec une bonne bière devant la télé témoignent d'un confort modeste quoique douillet. Seulement, il y a longtemps que Solange ne se donne plus la peine de surveiller sa ligne ou de porter des vêtements aussi flatteurs que la femme qui venait de m'apparaître.

Les caméras qui surveillent les cabines sont placées derrière les glaces. Je pus voir son délicieux visage plus précisément. Son maquillage soigné mettait en valeur des yeux pâles dont la couleur ne m'était malheureusement pas dévoilée. Que des nuances infinies de gris sur ces satanés écrans! Peu importe, elle était d'une beauté saisissante. Elle accrocha son sac sur l'un des crochets installés à cet effet et déboutonna de ses longs doigts la veste de son tailleur. Je me dis que c'était suffisant, que je ne la regarderais pas retirer sa blouse, sa jupe et le reste. Mais sous le tailleur, elle ne portait qu'un soutien-gorge, une écharpe savamment repliée donnant l'illusion d'une blouse. Et je me suis laissé prendre au jeu. Il était trop tard pour exercer un quelconque acte de volonté afin de détourner mon regard; j'étais fasciné. Son magnifique soutien-gorge était de dentelle et, en la voyant dégrafer sa jupe, je m'aperçus qu'elle avait une culotte assortie. La jupe glissa au sol et elle la ramassa lentement, la suspendant avec soin pour éviter qu'elle ne se froisse. Pourquoi fallait-il qu'elle porte de ces bas qui s'accrochent magiquement à la cuisse? Très pâles et soyeux, ils enveloppaient ses jambes si minces et reposaient sur sa peau blanche. Avec des gestes très précis, elle retira d'abord le soutien-gorge, puis fit glisser la culotte, avant de détacher les vêtements neufs du cintre. Je me dis vaguement qu'elle ne devait pas retirer sa culotte, qu'on demandait aux clientes de la conserver pour essayer d'autres vêtements, mais cette pensée quitta mon esprit aussi vite qu'elle était apparue. Elle avait un corps splendide: les seins lourds et fermes, la taille étroite, les hanches légèrement rebondies, le ventre plat... Je sus qu'elle était réellement blonde, en apercevant brièvement la toison pâle ornant le bas de son ventre. Elle se retourna et je pus admirer la rondeur des fesses ainsi que l'élégance et la minceur du dos, les bras fins agrafant le nouveau soutien-gorge et glissant la culotte le long des jambes somptueuses. L'ensemble lui allait à merveille, la vendeuse l'avait admirablement conseillée. La dentelle était si délicate qu'on pouvait facilement apercevoir les mamelons, ainsi que l'ombre légère recouvrant son sexe. Elle s'examina d'un air grave, tournant sur elle-même afin de voir son corps sous des angles différents, se demandant visiblement si c'était bien là ce qu'elle cherchait. Après quelques instants, un sourire angélique éclaira son visage. La cliente aimait ce qu'elle voyait, sa décision était prise. J'espérai qu'elle prendrait le temps d'essayer les autres ensembles qu'on lui avait suggérés, mais elle n'en fit rien, satisfaite au premier essai. Elle se rhabilla rapidement, me laissant une fois de plus admirer la nudité de ce corps fabuleux, avant de le recouvrir de ses vêtements chics, sortit et paya son achat. Elle affichait un petit sourire satisfait en attendant son paquet, qui resta sur ses lèvres jusqu'à ce qu'elle ait quitté le magasin. Je sursautai légèrement lorsque, juste avant de franchir le portillon, elle se retourna, scruta l'intérieur du magasin, puis leva la tête vers la caméra qui surveillait l'entrée. Je rougis comme un adolescent pris en défaut et eus l'impression troublante qu'elle me savait là, qu'elle devinait que je venais de l'observer impudiquement et que je l'avais trouvée si belle. Si belle que lorsque je me levai de mon poste, mon pantalon avait l'allure d'une petite tente au mât central bien érigé.

* * *

Ce soir-là, en rentrant à la maison, je ne pus que bafouiller une réponse vague lorsque Solange m'accueillit de son éternel: «Paul, c'est toi? Tu as passé une bonne journée?» Je me précipitai dans la chambre pour me débarrasser de mes vêtements et sautai sous la douche pour me rafraîchir les idées. Elle trouva étrange que je prenne une autre douche, mais je lui expliquai qu'il y avait eu un problème avec l'appareil de climatisation, provoquant une chaleur d'enfer toute la journée. Un horrible sentiment de culpabilité m'envahit en lui racontant ce mensonge; aussi, je m'approchai d'elle et l'embrassai. Je fus aussi surpris qu'elle de la tendresse et la profondeur de ce baiser. Elle recula, rouge de confusion, et me fixa de son regard le plus perçant, celui qui devinait tout.

— Mais qu'est-ce qui se passe avec toi? Allez, raconte!

Je pris une profonde inspiration et lui répondis:

— Eh bien! j'ai pensé à toi toute la journée. Je ne suis pas très habile pour te le démontrer mais, tu sais, je t'aime...

c'est tout. Il y avait longtemps que je ne te l'avais pas dit.

Elle rit et me serra dans ses bras.

Elle me prépara un excellent repas et, en la regardant s'activer dans la cuisine, je ressentis une autre érection-surprise. J'étais embarrassé comme un collégien, alors que nous étions mariés depuis si longtemps! Mais voilà, il y avait des années que nos ardeurs s'étaient calmées et je crois bien que ni l'un ni l'autre ne savait trop comment briser la mince couche de glace qui s'était installée entre nous, côté sexe. Devais-je lui montrer la réaction qu'elle venait de déclencher en moi ou être plus subtil et tenter de l'attirer au lit plus tôt que d'habitude? J'étais indécis. Je me posai tellement de questions que mon érection repartit d'où elle était venue. Ce fut, somme toute, une soirée ordinaire, passée chacun dans son fauteuil, devant la télé.

* * *

Le lendemain, le jeudi 13 octobre, celle que j'appelais déjà «ma» cliente refit son apparition. Même heure, même attitude pressée, elle se dirigea d'un pas ferme vers l'étalage des dessous pour s'emparer de l'un des autres ensembles qu'elle n'avait pas essayés la veille. Je ne tentai pas alors de détourner le regard et, même si la fameuse culpabilité fit une timide apparition, elle était loin d'être en mesure de m'arrêter. Je m'installai confortablement devant l'écran de la cabine 6, cette fois, et observai la belle étrangère. Elle recommença le même manège que la veille, portant cette fois une robe boutonnée, de laquelle elle libéra lentement son corps divin. Elle avait revêtu, ce jour-là, un joli maillot noir qui semblait fait de soie, en plus des adorables bas, noirs également. Son corps commença à se mouvoir, au son d'une musique imperceptible. J'observai cette danse lascive, captivé par la fluidité de ses mouvements; ses doigts s'enroulaient dans les cheveux, puis s'attardaient autour des épaules, en une intime étreinte. Elle cajola ses seins somptueux au travers du tissu soyeux et je pus voir les mamelons dressés, appelant la caresse. Mais plutôt que les seins, ce sont les cuisses que ses mains caressèrent, massant doucement la chair blanche et veloutée. Elle dansait toujours, s'accroupissant en écartant les jambes, au point où je remarquai que son sexe n'était recouvert que d'une très fine lanière de dentelle. Ses doigts s'en approchaient dangereusement, semblant répondre à un appel irrésistible. Tout à coup, elle sursauta et parut se rendre compte de la situation étrange dans laquelle elle se trouvait. Elle regarda autour d'elle, comme si elle s'éveillait d'un rêve, désorientée. Elle s'empressa d'enfiler l'ensemble qu'elle avait apporté avec elle et parut déçue du résultat. Elle se rhabilla précipitamment, sortit de la cabine et le remit à Nicole, la préposée. Puis elle quitta le magasin d'un pas pressé, me laissant pantelant tout au bord de ma chaise, dépité et beaucoup trop excité à mon goût.

Ce soir-là, je bredouillai à Solange la même excuse que la veille, partis me réfugier sous la douche et me masturbai violemment. Mais que m'arrivait-il donc? Pourquoi cette femme avait-elle une telle emprise sur moi? Je m'étais masturbé davantage, les deux derniers jours, que durant les douze dernières années!

* * *

Le vendredi 14 octobre, je me rendis au travail en me préparant intérieurement à la visite de «ma» cliente. Il était fort improbable qu'elle revienne un troisième jour d'affilée, mais avec ce qu'elle m'avait offert la veille, je ne pouvais m'empêcher de l'espérer. Je tentais de puiser en moi le courage suffisant pour résister, au cas où l'envie lui prendrait de revenir combler la curiosité de mon regard lubrique, mais je savais la bataille perdue d'avance. J'avais rêvé d'elle, la nuit précédente, et m'étais réveillé penaud, regardant ma chère Solange qui dormait sans se douter de quoi que ce soit. Je me sentais vil, menteur, comme si je lui avais été infidèle. Je m'en voulais terriblement, tout en essayant de me convaincre que je n'avais rien fait de mal. En réalité, je n'avais commis aucun acte répréhensible... c'étaient simplement mon esprit et mon corps qui s'étaient comportés en salopards.

Aussi, en la voyant entrer à son heure habituelle, je tentai désespérément de porter mon regard sur les autres écrans. En quelques fractions de secondes, je la vis choisir un négligé de teinte pâle. Peu après, Nicole la guidait vers les cabines. Il n'en fallait pas davantage: j'avais les yeux rivés à l'écran et toute ma bonne volonté s'était envolée.

Elle était complètement dévêtue, ne conservant que bas et chaussures mais, plutôt que de s'emparer tout de suite du négligé qu'elle voulait essayer, elle empoigna son épaisse chevelure et la remonta négligemment au-dessus de sa tête. Elle s'observa ainsi, pivotant encore pour s'admirer complètement, puis laissa glisser ses mains le long de son cou, avant de caresser légèrement les mamelons dressés. Elle se pencha et ramassa le maillot soyeux qu'elle devait porter plus tôt — était-il beige ou rose? je ne pouvais que deviner la merveilleuse et subtile harmonie avec la couleur de sa peau — et en frotta ses seins généreux; elle l'enroula autour de sa taille fine, laissant le tissu délicat agacer ses fesses si rondes.

Puis, elle en saisit une extrémité, glissant l'autre entre ses jambes et ondula ainsi devant mes yeux ébahis. Elle s'observait attentivement dans le miroir, glissant le fin maillot le long de son sexe en un long va-et-vient. Enfin, son corps entier se plaqua contre la glace, les seins magnifiques s'y écrasant devant mes yeux. Je pouvais deviner sa chaude haleine qui embuait le miroir, sentir son souffle sur mon membre maintenant douloureux de désir. Je brûlais d'envie de le libérer de mon pantalon et de le branler copieusement, mais s'il fallait que quelqu'un me surprenne! La belle inconnue, n'ayant que faire de mon problème, continuait de se caresser avec le tissu, de plus en plus rapidement. Je me massai discrètement par-dessus la toile rêche de mon pantalon. Peu habitué à ce genre de plaisir solitaire — du moins, sur mon lieu de travail! — j'avais du mal à me détendre et à me laisser aller. En effet, j'étais celui en qui on avait confiance pour respecter l'anonymat et l'intimité des femmes! Eh bien! je n'étais pas très fier de moi. Malgré tout, je bandais de plus en plus férocement. «Ma» cliente écarta légèrement les jambes et appuya un doigt bien au centre, auquel elle imprima une rotation soutenue. Quelques instants de ce manège suffirent; elle ferma les yeux, puis son corps entier se replia sous la jouissance. La main sur l'entrejambe, je m'apprêtais à défaire la fermeture-éclair de mon pantalon, lorsque la porte du bureau s'ouvrit. Ce n'était qu'un collègue qui voulait savoir si j'avais déjà mangé. Rouge de honte, je me relevai d'un bond, tentant de cacher «ma» cliente de la vue de cet intrus. Je marmonnai que je descendais dans dix minutes, qu'il pouvait bien m'attendre s'il en avait envie. Mon excitation redescendit d'un coup. Je l'avais échappé belle!

Ce soir-là, je tentai de convaincre Solange de venir me rejoindre au lit très tôt dans la soirée. Prétextant la fatigue, je luis dis que j'avais envie de la sentir près de moi, qu'elle pouvait très bien lire, si elle le désirait. Elle prit place dos à moi et je me glissai aussi près d'elle que possible. En un éclair, une fabuleuse érection se manifesta... et Solange fit mine de ne pas s'en être rendu compte. Elle s'excusa, se leva et se rendit à la salle de bain. Elle en ressortit dix minutes plus tard, les bigoudis bien enroulés, le visage enduit de sa fameuse crème. Elle me donna un petit baiser sur le front, s'étendit trop loin de moi et s'endormit quelques minutes plus tard. Déçu, amer, frustré, je repartis au salon pour m'hébéter devant une comédie insipide à la télé, ne retournant au lit qu'après avoir dormi une partie de la nuit sur le sofa trop dur.

* * *

Ce samedi-là, le 15 octobre, je ne travaillais que jusqu'à treize heures. J'étais épuisé et irritable, en raison de la mauvaise nuit que je venais de passer et je n'étais pas d'humeur à badiner avec les autres employés. Je me rendis donc directement à mon bureau, évitant la cafétéria. Je croyais m'être rendu sans embûches, quand je croisai Nicole qui s'avançait vers moi avec un sourire éclatant et sa voix si claire et aiguë que je ressentis les premiers assauts d'un terrible mal de tête.

— Bonjour Paul! Dis-donc, ça n'a pas l'air d'aller, ce matin!

— Oui, oui, ça va... grommelai-je plus sèchement que je ne l'aurais voulu.

— Excuse-moi, je ne voulais pas t'embêter! T'es frustré, ou quoi?

Elle était perspicace, la Nicole...

— Non, non, juste fatigué.

Je brûlais d'envie de lui poser des questions sur «ma» cliente. La connaissait-elle? Comment était-elle? Quel genre de voix avait-elle? Allait-elle venir, aujourd'hui? Comment s'appelait-elle? Je parvins à me retenir et partis me réfugier dans mon bureau, un thermos de café bien corsé me tenant compagnie.

Les heures s'égrenaient et elle n'était pas venue. J'étais terriblement déçu, en même temps que j'étais soulagé. Je réalisai que cette femme était presque devenue une obsession. Je songeais à elle comme on pense à une amante, l'espérant, se satisfaisant du peu qu'elle veut bien nous donner, rêvant d'un sourire, d'un baiser. Je me trouvais tout à fait ridicule.

Je me trouvais tout à fait malheureux. Je ne savais plus rien de rien. Mon quart de travail se termina sans qu'elle daigne venir me rendre visite.

Le dimanche 16 octobre fut une journée absolument médiocre. Je la passai dans un état presque fébrile, ne pensant qu'à Elle, rêvant tout éveillé de son corps splendide, de ses mains caressant cette peau si pâle, de ses cheveux soyeux cascadant sur ses épaules. Elle me manquait. Je me sentais comme un toxicomane en pleine crise de manque, ne l'ayant pas vue durant une journée entière. Je ne pouvais attendre le lendemain, lundi, jour normalement si tranquille qu'il en est ennuyant. Elle viendrait sûrement briser la monotonie et éclairer cette journée de sa présence; j'en avais le pressentiment. Je ne pouvais appuyer cette impression sur rien de concret, mais j'en avais la certitude.

Ce dimanche matin, donc, je sortis de chez moi, montai dans la voiture et me dirigeai vers *Les Galeries de la Mode*. Non, je ne travaillais pas, ce jour-là, mais le magasin n'en était pas moins ouvert. Sait-on jamais, peut-être serait-elle là? Je me proposais de m'asseoir tranquillement devant l'entrée, peut-être manger une bouchée en surveillant les allées et venues. Et si elle venait, je ferais quoi, au juste? Eh bien! je me contenterais de la regarder et serais satisfait pour le reste de la journée. Je pourrais enfin connaître tous ces détails qu'il me brûlait de savoir: la nuance exacte du blond de ses cheveux; la couleur de ses yeux; son parfum. Je pourrais la suivre discrètement, faisant mine de faire des emplettes pour ma femme. Et que dirais-je aux employés croisés par hasard et qui savaient très bien que je n'avais aucune raison d'être là un dimanche? Je trouverais bien.

Je m'y suis donc rendu, en fin d'avant-midi, et attendis. Je mangeai un sandwich et j'attendis. Je bus un café, puis un deuxième, et j'attendis. Amèrement déçu, il était près de seize heures quand je me décidai à rentrer chez moi, piteux et penaud. Par chance, Solange avait une sortie ce soir-là, me laissant seul avec mon obsession. Car c'en était bien une. Pour la première fois depuis fort longtemps, je sortis la bouteille de rhum du placard, m'en versai une bonne rasade pour tenter de l'oublier ou pour faire venir le lendemain plus vite... Je bus plus que je ne l'aurais dû, puisque c'est Solange qui me réveilla, alors que j'étais écrasé sur le sofa. Par chance, j'avais eu le bon sens de rattacher mon pantalon avant de sombrer dans l'alcool. Car mon dernier souvenir était de m'être péniblement lavé les mains après avoir joui seul, le pantalon lamentablement enroulé autour des hanches, à l'imaginer, Elle, à genoux devant moi, ouvrant sa belle bouche pour m'accueillir.

* * *

Le lundi 17 octobre, je me levai avec beaucoup d'avance. J'étais prêt à partir au travail ridiculement tôt et ceci éveilla les soupçons de Solange.

— Qu'est-ce qui te prend, toi, ce matin?

— Oh! tu sais, c'est une période occupée, au magasin. On a une réunion pour discuter des quarts de travail durant la période des Fêtes. Bon, il faut que j'y aille...

Un autre mensonge. Décidément, ça devenait une fâcheuse habitude. Mais j'étais fébrile et tout ce que je voulais, c'était me rendre au boulot le plus vite possible, m'installer à mon poste et attendre «ma» cliente. Il me restait beaucoup d'heures à passer avant sa visite, de longues heures... Le lundi matin était généralement peu achalandé et d'un ennui mortel. Tout le monde sait qu'il ne se passe jamais rien, le lundi. Je m'en foutais éperdument: j'attendrais sagement sa visite, prêt à l'accueillir et à savourer le peu de sa beauté qu'elle voudrait bien partager avec moi. J'eus l'heureuse surprise de la voir arriver vers dix heures. Peut-être ne travaillait-elle pas aujourd'hui? Cette pensée me fit me demander quel pouvait être son métier. Elle pourrait facilement être mannequin, mais je lui prêtais des ambitions différentes. Je l'imaginais plutôt directrice d'une importante compagnie, de cosmétiques, peut-être, ou d'une revue de mode, mais ça avait peu d'importance. Elle était là, devant mes yeux, et c'est ce qui comptait. Elle semblait d'ailleurs beaucoup moins pressée que d'habitude. Elle déambulait au gré des allées, examinant tantôt une veste, tantôt un pantalon. Elle essaya un magnifique manteau de fourrure et s'admira longuement, enveloppée de la douce peau de renard. Elle avait l'air rêveur de quelqu'un qui hésitait à se payer un cadeau. Pourrait-elle se l'offrir? Elle continua et s'arrêta au comptoir des bijoux fins. *Les Galeries de la Mode* s'enorgueillissaient de posséder un vaste assortiment de pierres précieuses et d'or. Elle essaya colliers de perles, bagues de diamant et bracelets ornés de minuscules émeraudes. Elle hésita longuement devant des boucles d'oreilles dont je ne pouvais voir le détail, mais dont l'éclat était évident. Puis, elle continua sa route, semblant marcher sans but précis. Tout à coup, son visage s'illumina d'un doux sourire et un homme, grand, impeccablement vêtu et à la démarche assuré, se dirigea vers elle.

Mon cœur se serra. C'était absurde! Pourquoi la vision de cette femme superbe avec son amant tout aussi superbe devrait-elle me perturber? Je n'avais nullement l'intention de tenter de la séduire, quand même! Entre cet homme imposant et mon humble personne, il y avait tout un monde! Il était immense, j'étais petit. Il était svelte, j'étais grassouillet. Il avait d'épais cheveux noirs et ondulés, mes cheveux grisonnants devenaient de plus en plus épars. Je n'avais aucune chance avec une telle femme et il était plutôt stupide d'essayer d'y penser.

Le couple se dirigea vers le rayon de la lingerie fine et elle montra à son compagnon quelques-uns des ensembles qu'elle avait déjà essayés en minaudant. L'homme fit lentement le tour des étalages, sélectionnant à son tour quelques vêtements qu'il lui tendit. Le moins que je puisse dire, c'est qu'il avait des goûts un peu moins sobres qu'elle. Alors qu'elle semblait préférer les vêtements chics et séduisants plutôt que vulgaires et trop suggestifs, lui préférait les ensembles ne laissant aucune place à l'imagination. Il plaçait devant elle d'étroits bustiers, qui semblaient inconfortables mais excitants, et de minuscules cache-sexe avec porte-jarretelles assortis. Elle riait, ils riaient, ils s'embrassaient... ils semblaient heureux. On le serait à moins! Elle s'empara du bustier le plus osé, d'un cache-sexe avec porte-jarretelles et se dirigea vers les cabines d'essayage. Ma femme divine se transformerait bientôt, devant moi, en femme moins respectable et cette pensée me fit bander.

En arrivant devant les cabines, elle s'approcha de Nicole et elles discutèrent longuement en murmurant, l'air complice, tout en désignant son compagnon. Elles ricanèrent, regardèrent l'homme qui semblait produire un effet sur la petite Nicole et elle pénétra dans une cabine. Je vis Nicole disparaître et se diriger vers le rayon de la chaussure. Elle choisit une paire de longs cuissards aux talons vertigineux et les apporta, puis les laissa devant la porte de la cabine 8, celle où elle se dévêtait déjà.

Cette fois, elle se dépêcha d'enfiler les vêtements sélectionnés par son amant. Je l'admirai lorsqu'elle se retrouva nue devant moi, sans prendre le temps de se regarder. Elle attrapa le bustier dont la petite taille faisait saillir ses seins de manière provocante. La rigidité du tissu rendait sa taille minuscule, tout en arrondissant ses hanches voluptueuses. Elle s'acharna à serrer davantage les cordons du devant et releva les seins de façon à laisser poindre le mamelon hors du corsage. J'avançai machinalement la main vers l'écran, espérant toucher ces rondeurs affolantes qui se tendaient sadiquement devant moi. Elle enfila ensuite le minuscule cache-sexe. Je me surpris alors à me demander pourquoi je n'avais jamais remarqué que les *Galeries de la Mode* vendaient de tels accoutrements... quelle agréable façon de le découvrir!

Elle attacha le porte-jarretelles autour de sa taille et y fixa les bas soyeux qu'elle portait en arrivant au magasin. Elle s'examina dans la glace et fut satisfaite du résultat. Elle ouvrit doucement la porte, prit les bottes laissées là par les bons soins de Nicole et les enfila avec des gestes gracieux. L'effet était époustouflant. J'étais aux anges et terriblement excité, mais je n'étais pas au bout de mes peines.

Ma belle cliente défit son chignon d'un geste assuré, permettant à ses magnifiques boucles blondes de se répandre sur ses épaules. Puis, elle fouilla dans son sac à main et en sortit un tube de rouge à lèvres éclatant avec lequel elle rougit les pointes de ses seins, avant de peindre ses lèvres. Elle se retourna, me laissant tout le loisir d'admirer son arrière magnifique: fesses d'une rondeur presque exagérée, cuisses fines enchâssées dans les souples cuissards, taille minuscule... et elle ouvrit la porte sur son amant qui la regarda attentivement.

Il la fit se tourner sur elle-même, admirant son choix de vêtements et l'effet final. Puis, il entra et referma la porte derrière lui et la prit dans ses bras. Il l'embrassa avec une passion dévorante, caressant, pinçant et pétrissant ses fesses délicieuses. Je pouvais voir le jeu de ses mains sur la chair douce de ma belle et laissai ma propre main faire ce dont elle brûlait d'envie. Je m'emparai de mon membre déjà tendu et continuai à regarder le couple. Elle s'était juchée sur un petit tabouret et balançait les seins devant le visage de l'homme. Celui-ci s'en empara et les libéra complètement de leur étroit carcan, léchant goulûment le rouge dont ils étaient ornés. Ensuite, il poussa le cache-sexe d'une main, libérant la chaude toison de «Ma» cliente, agaçant son sexe d'un doigt impatient. Elle renversa la tête en arrière, cajola elle-même ses seins offerts, afin de permettre à son compagnon de multiplier ses caresses. Il se pencha davantage devant elle, leva l'une des jambes bottées sur son épaule et lécha le sexe ainsi offert. Je pouvais presque entendre les gémissements de la belle, sentir les frissons la parcourir, alors que son amant la dévorait. Puis, il se recula, écarta les douces lèvres et l'effleura d'un doigt tendu. Elle s'agrippait à ses cheveux, en proie à une excitation extrême, et sourit lorsque le doigt s'inséra brutalement en elle. Elle se laissa ainsi pénétrer quelques instants, avant d'ajouter son propre doigt à la torture. Elle se caressa violemment au rythme de la pénétration et s'affaissa soudainement, les yeux clos.

L'homme en profita pour baisser son pantalon et se masturber. Je trouvais étrange qu'il suive à peu près mon rythme, mais c'était très bien ainsi. Il approcha son membre imposant de ses cheveux et s'y vautra. C'est alors qu'elle ouvrit la bouche bien grande et l'aspira en elle, s'agenouillant devant lui, soumise. Elle semblait savoir ce qu'elle faisait, attirant le membre presque entier dans sa bouche chaude, prenant une pause avant d'aspirer de nouveau. Elle aspirait si fort que je pouvais voir le mouvement de ses joues et j'eus mal. J'eus mal de la posséder ainsi, de la voir faire ce qu'elle faisait à cet homme sur mon propre corps, vêtue comme elle l'était, à l'endroit où elle se trouvait. Je voyais bien, trop bien, les réactions de l'homme, sa queue devenir de plus en plus grosse sous l'assaut. Il lui tenait la tête, la forçant à le prendre plus loin, plus profondément, ce à quoi elle ne résistait aucunement. Puis, il la fit accélérer et je voyais sa tête à elle accélérer dans un brouillard blond, jusqu'à ce qu'il l'interrompe, la fasse se retourner devant le tabouret et, toujours agenouillée, s'y appuyer. Il se plaça derrière elle et l'enfila d'un seul coup, la pénétrant avec une telle force que sa tête heurta le mur de la cabine. Son dos s'arqua et elle écarta davantage les jambes pour mieux le recevoir. J'avais une vue excellente sur le membre énorme s'enlisant en elle. Je croyais ressentir, à chaque pénétration, les muscles de son sexe se resserrer autour de ma propre queue. J'étais si excité que je croyais bien jouir sans avoir à me toucher, mais la tension monta davantage.

L'homme se releva et tira ma belle par les cheveux, afin qu'elle se relève aussi. Elle se laissait malmener sans rien dire, ayant plutôt l'air d'apprécier le manque de douceur dont son amant faisait preuve. Il lui plaça les poignets sur le cadre de la glace et je crus qu'elle me regardait. Elle me faisait face dans toute sa splendeur, offerte, le regard éperdu, une mince couche de sueur perlant sur sa lèvre supérieure. L'homme se plaça derrière elle; juchée sur ses talons vertigineux, elle était presque de sa grandeur. Elle bomba les fesses, approchant davantage le haut de son corps de la glace et ses seins s'écrasèrent sur la surface de l'écran que je regardais fixement. Il la prit de nouveau, durement, sauvagement, aplatissant ses seins et son visage sur la glace au rythme de ses assauts. Un peu plus et je croyais qu'elle allait passer au travers et atterrir entre mes jambes. Et j'aurais été prêt à l'accueillir! J'étais dur comme je ne me souvenais jamais l'avoir été et je pompais mon pauvre membre ragaillardi à la cadence de leurs ébats. Elle semblait planer dans un autre monde. Les paupières closes, la bouche ouverte, Elle devait fournir un effort surhumain pour réprimer des cris qui auraient sans doute alerté les autres clients. Il la fouillait de plus en plus fort, de plus en plus profondément. Je sentais leur jouissance proche, aussi proche que la mienne. Une frénésie s'empara soudainement des amants et leur rythme accéléra davantage, passant de passionné à insoutenable. Elle ouvrit les yeux, laissant les mèches de cheveux trempés lui coller au visage. Elle n'avait plus grand-chose à voir avec la femme sophistiquée et élégante sur laquelle je fantasmais depuis cinq jours. Elle était devenue tigresse, putain, déchaînée. Elle s'activait autant que lui, jouant des hanches et du bassin en une danse extatique, jusqu'à ce qu'ils atteignent tous deux un orgasme formidable. Ils s'écrasèrent au sol, dans les bras l'un de l'autre, et s'embrassèrent, épuisés et repus.

Je fis, de mon côté, l'examen des dégâts. Une tache embarrassante ornait mon pantalon. J'avais répandu une flaque imposante dans ma main, qui n'avait pas été suffisante pour retenir le flot du plaisir contenu depuis trop longtemps. Je m'assurai que personne ne traînait dans le corridor menant à mon bureau et me faufilai à la salle de bain mettre un peu d'ordre dans ma tenue. J'en ressortis quelques minutes plus tard, confus mais béat, flottant sur un nuage d'images indélébiles que je ne dévoilerais à personne et que je conserverais précieusement pour de futurs divertissements.

«Ah! Elle m'a gâté! Si elle avait su que je les observais, les choses auraient sûrement été très différentes», me disais-je.

Solange me traite souvent de gros nigaud.

Je fais comme si c'était faux, même si je sais que c'est la vérité.

Ils ont été plusieurs, dans les semaines suivantes, à me traiter de gros nigaud.

En fait, ils ont commencé dès le lendemain de la nouvelle, le mardi matin où on m'a mis à la porte.

Le lendemain du jour où Nicole et sa bande ont dévalisé, pour plus de huit cent mille dollars, la succursale des *Galeries de la Mode* que je devais surveiller. Le jour où ils l'ont dévalisée, pendant que deux complices faisaient l'amour dans une cabine d'essayage.

On lisait, dans les manchettes: «Agent de sécurité voyeur dupé... » et autres titres du genre.

C'est le lundi, le lundi 17 octobre que ça s'est passé.

Il ne se passe jamais rien, le lundi...

UNE QUESTION D'HONNEUR

Claude écoutait discrètement la conversation émanant de la table voisine, celle où le «club des jeunes divorcées mal baisées» tenait sa réunion hebdomadaire. Ce n'était pas la première fois que ses oreilles captaient les propos parfois choquants, parfois drôles et souvent pathétiques de celles qui s'étaient elles-mêmes affublées de ce quolibet. Le hasard voulait qu'elles s'installent toujours à la table voisine de la sienne. Claude ignorait si elles se rencontraient plusieurs fois par semaine, mais le vendredi soir, immanquablement, elles se réunissaient toujours assez près pour qu'il lui soit facile — trop facile — de suivre leur conversation. Les quatre commères ne se doutaient pas à quel point il était aisé et tentant pour les autres clients de l'établissement de suivre leurs turbulentes mésaventures, comme un téléroman. Et elles ne chômaient pas, les divorcées! Il semblait à Claude qu'à chaque semaine, au moins l'une d'entre elles avait quelque histoire, au dénouement généralement désastreux, du week-end précédent à raconter. Cependant, et ce qui perturbait le plus Claude, c'était que les anecdotes, bien que nombreuses et variées, tenaient essentiellement le même discours: les hommes et leur incapacité chronique à faire jouir convenablement une femme. Selon leur expérience, les hommes étaient soit trop occupés à démontrer leur endurance — les «pompant» éternellement sans se soucier de leur bien-être ou de leur plaisir— ou alors c'étaient des «éjaculateurs précoces» au sens non-clinique du terme, qui se contentaient de quelques coups à la va-vite, et hop! dodo. De plus, aucun d'entre eux ne semblait comprendre ou même admettre l'existence de concepts tels que «préliminaires» ou «jouissance clitoridienne». À les écouter, tous les hommes étaient convaincus que leur queue détenait le pouvoir ultime de faire jouir les femmes, peu importe la façon dont ils l'utilisaient. Les oreilles de Claude supportaient tant bien que mal leurs boutades.

— Ce con n'a même pas pris la peine d'enlever ses bottes! La quatrième fois qu'il m'a écrasé les orteils, il a fallu que je fasse semblant de jouir pour qu'il en finisse enfin!

— Ben, le mien, il est venu avant de descendre son pantalon. Il était tellement humilié... J'ai eu beau lui répéter que ce n'était pas grave, que nous pouvions nous amuser quand même et que la prochaine fois serait peut-être mieux. Mais non. Un autre qui croyait sa queue essentielle à toute expérience sexuelle!

— Et moi, le dernier, elle était tellement petite qu'au début je croyais que c'était son doigt. Je me suis dit: «Tiens, un bonhomme qui sait qu'il peut s'en servir!» Mais non, ce n'était que sa queue et il l'a remuée durant environ trois minutes, sans bouger aucun autre muscle de son corps. Ensuite, il s'est retiré, a mis son pantalon et m'a offert un verre.

Claude trouvait tout cela désolant. Bon, il lui fallait bien admettre que ces affirmations s'appliquaient malheureusement à beaucoup d'hommes. Certains étaient maladroits ou simplement ignorants, d'autres purement égoïstes. Mais de là à généraliser et à condamner la gent masculine toute entière, c'était trop injuste. Il y en avait quand même quelques-uns qui faisaient des efforts! Ces femmes avaient certes été victimes d'une malchance inouïe et c'était vraiment dommage pour elles.

Cette dernière pensée fit germer une idée dans sa tête. Elle se forma peu à peu, prenant une forme de plus en plus attirante et réalisable. Un dernier verre et Claude choisit d'aller mûrir cette idée au lit, en solitaire.

* * *

Deux semaines plus tard, les quatre «divorcées mal baisées» discutaient au même lieu qui les accueillait chaque semaine. Pour Véronique, la conversation s'était transformée en une espèce de bruit de fond sans substance. Elle avait beau tout tenter pour se concentrer sur les paroles échangées autour de la table, rien n'y faisait. Elle n'arrivait à détourner le regard de la porte d'entrée, que pendant une fraction de seconde, pour faire croire à ses amies qu'elle était toujours parmi elles, que déjà elle l'y retournait, dans l'espoir futile d'y voir entrer Claude.

Une mince silhouette se dessina en contre-jour et le cœur de Véronique fit un bond; était-ce lui? Était-ce le jeune homme un peu étrange qui lui avait fait passer une nuit si incroyable? Non. Trop vieux et trop bâti. Sa déception était cuisante. Il ne viendrait probablement pas; après tout, c'est bien connu, les hommes sont tous des salauds. C'était d'ailleurs toujours la même rengaine du «club», qui avait vu le jour presque un an plus tôt et dont les membres s'étaient promis qu'à chaque semaine, beau temps mauvais temps, et à la même table, elles se payeraient la tête des pauvres types qui les avaient tant fait souffrir. Bien qu'elles sachent toutes que rien de tout cela n'arrangerait les choses ou ne guérirait d'anciennes blessures, ce rituel leur faisait un bien fou.

Ce soir-là, Véronique savait très bien qu'elle pouvait se permettre d'ignorer quelques boutades puisque, de toute façon, ça revenait toujours au même: les hommes et leur bêtise. Elle avait beau partager l'opinion de ses consœurs jusqu'à un certain point — en définitive, ces quatre jeunes femmes très différentes les unes des autres, mais toutes jolies, intelligentes, cultivées, drôles et généreuses s'étaient fait avoir par quatre crétins très différents les uns des autres, mais tous égoïstes, peureux, menteurs, manipulateurs et dont la seule tête dont ils savaient se servir (et même ça, c'était discutable!) reposait au bout d'une verge molle et très peu appétissante — cela ne voulait pas dire que tous les hommes étaient aussi vils. Tiens, prenons Claude, par exemple. Elle se rendit brutalement compte qu'elle ne connaissait, en réalité, presque rien de lui, sinon qu'il était doux, patient, réceptif et que c'était le seul homme qui soit parvenu à la faire jouir trois fois d'affilée sans rien lui demander en retour! Il semblait troublé, assoiffé de sexe, mais d'une manière différente des hommes qu'elle avait connus auparavant. Il avait manifesté un zèle et une concentration si intenses en lui faisant l'amour qu'elle n'avait pu s'empêcher de nuancer son jugement envers la gent masculine. En lui faisant l'amour... peut-être pas la formule exacte, pensa-t-elle. En la faisant jouir, elle, serait plus juste, puisqu'il avait refusé de la pénétrer, préférant, disait-il, faire monter le désir pour la prochaine fois. Peut-être avait-il un problème quelconque? Son cynisme et son amertume envers les hommes l'incitaient à croire qu'il y avait sûrement quelque chose qui clochait chez lui. Toutefois, à la seule pensée du plaisir qu'il lui avait procuré, Véronique ressentit une bouffée de chaleur lui envahir le ventre et lui chauffer les joues.

— Mais qu'est-ce que tu as, toi, aujourd'hui?

— Oh! rien... ce n'est rien.

— Ma parole, tu es toute rouge! Ton regard fuyant et cette façon que tu as de fixer la porte... tu attends quelqu'un?

— Peut-être...

Il n'en fallut pas plus. Le «club des jeunes divorcées mal baisées» avait beau en avoir contre les mâles, ses membres étaient toujours à l'affût d'une nouvelle romance ou d'un potin juteux. Elles cuisinèrent Véronique tant et si bien qu'elle dût tout raconter.

«Il s'appelle Claude. Je l'ai rencontré à l'épicerie... imaginez ça! Devant les boîtes de sauce tomate!» Elle ne leur dit cependant pas tout, au départ. Néanmoins, après maintes plaisanteries et de longues minutes de torture, elle finit par leur avouer qu'il avait fait naître en elle un désir si puissant, si sauvage qu'elle l'avait invité chez elle le même soir. Elle leur raconta que sitôt la porte entrouverte, elle s'était laissée choir dans ses bras et avait été étonnée de son étreinte douce, chaude, presque maternelle.

Était-ce tout ce qu'il avait d'inhabituel? Oh non! D'abord, il n'avait même pas essayé de lui faire l'amour, du moins pas de la façon qu'elle anticipait. Après l'avoir excitée à coup de baisers plus enflammés les uns que les autres, il l'avait conduite à la chambre et l'avait étendue sur le lit en lui retirant ses vêtements. Il avait ensuite retiré sa ceinture et lui avait lâchement ligoté les chevilles aux pattes du lit; saisissant sa ceinture à elle, il avait fait de même avec ses poignets. Puis, il l'avait longuement regardée et, devant son air incertain, lui avait simplement dit:

— Tu es belle... n'aie pas peur...

Elle avait pris une longue inspiration, réalisant tout à coup qu'elle avait peut-être commis une grave erreur en l'invitant chez elle. Elle n'en avait pas le sentiment et avait toujours fait confiance à son instinct, mais s'il fallait que... eh bien! ça lui apprendrait. Son appréhension se tut lorsque Claude se mit à

41

caresser ses cuisses du bout des doigts, provoquant de délicieux frissons d'anticipation. Ses mains glissèrent, légères et caressantes, le long de la jambe et des côtes, puis s'emparèrent tendrement des seins qu'il s'amusa à chatouiller, avant que sa douce bouche ne les embrasse goulûment. Ces lèvres merveilleuses refirent le chemin inverse et parcoururent son corps frissonnant, pour terminer leur trajet entre ses cuisses écartées. Là, une langue sublime l'avait léchée, tétée, mordillée avec un talent fou. Elle n'avait pas tardé à succomber à un premier orgasme, faisant sourire son agresseur. Elle avait lentement repris son souffle, la tête de Claude sur son ventre, sentant ses doigts agacer son sexe ruisselant d'une main si douce qu'elle semblait presque distraite. Il continua ainsi un moment, puis son toucher s'était affermi, était devenu plus insistant et il avait glissé un doigt en elle, puis un deuxième. Elle l'avait prié de la posséder, elle le voulait tant en elle! Mais Claude s'était contenté de la caresser de plus en plus vite, jusqu'à ce qu'elle jouisse. Il l'avait laissée attachée au lit durant de longues heures de supplice, entrecoupées de quelques courts répits durant lesquels il lui apportait à boire, entre deux orgasmes. Elle était subjuguée. Chaque fois qu'elle était convaincue de ne pouvoir jouir de nouveau, il modifiait ses caresses subtilement pour lui arracher d'autres soubresauts de jouissance. Il l'avait quittée au milieu de la nuit, lui refusant le plaisir de sentir son corps nu contre le sien et elle s'était endormie, comblée et endolorie.

Les trois autres divorcées étaient pendues à ses lèvres. Était-ce possible qu'un homme si merveilleux existe? Elles tentèrent d'en savoir davantage, de nourrir leur fantasme de détails plus concrets, mais Véronique n'avait rien d'autre à leur offrir. Ce soir-là, les quatre «divorcées mal baisées» eurent de nouveau recours à leur propre main pour s'endormir.

* * *

Claude s'observa une dernière fois dans la glace. Un visage anguleux mais néanmoins aux traits doux, une élégance et une finesse qui possédaient le charme d'un autre âge. Ses cheveux soyeux flottaient librement sur ses épaules bien découpées, quoique étroites. La taille haute, mince, était mise en valeur par un veston à la coupe élancée et un pantalon lâche. Mais c'étaient ses yeux, surtout, qui captivaient. Des yeux gris, lumineux, entourés de cils épais qui faisaient l'envie de plus d'une femme. Ces prunelles avaient bien l'intention d'en séduire plus d'une, d'ailleurs. Claude avait un but; un but audacieux, certes, mais valable et né d'une situation imprévue: il fallait démontrer à tout prix à chacune des membres du «club des divorcées mal baisées» qu'il n'y avait pas encore lieu de désespérer des mâles de ce monde. Elles devaient connaître, au moins une fois dans leur vie, un partenaire inoubliable, une aventure brève mais entièrement consacrée à leur jouissance ultime. Il ne serait pas question d'une queue qui bande peu ou mal ou d'un amant qui n'a que faire de leur corps à elles. Claude en avait fait sa mission et son opiniâtreté était légendaire. Il lui faudrait, cependant, faire preuve de prudence. Les femmes sont si généreuses de leurs confidences! Claude avait planifié sa «stratégie» avec soin et il était temps, ce soir, de passer à la deuxième phase de son plan.

En ébouriffant ses cheveux d'un geste machinal, Claude constata l'heure tardive. Il lui fallait maintenant choisir sa seconde proie. Véronique devait déjà l'attendre avec impatience; la tentation de passer un autre moment agréable avec elle était forte, mais cela ne ferait pas avancer la «cause». Il serait indéniablement préférable d'en séduire une autre. Un sourire presque machiavélique éclaira son étrange visage et sa langue humecta ses lèvres à la manière d'un loup flairant le lièvre.

* * *

En le voyant arriver, Véronique avala une gorgée de son martini de travers et s'étouffa bruyamment. Embarrassée, elle tenta de garder son calme et d'afficher un air innocemment étonné de le voir là. Après les présentations, Claude commanda sa boisson préférée et, ne pouvant s'empêcher de remarquer les regards appuyés des copines, ressentit une certaine fierté. Elle n'avait donc pu se retenir de tout leur raconter! Et, de toute évidence, elles étaient fortement impressionnées. La partie serait plus facile à gagner que prévu! Se calant dans le siège, Claude sirota tranquillement son verre en essayant de déterminer laquelle des jeunes divorcées serait la plus susceptible de céder à ses charmes, malgré son amitié pour Véronique. Les femmes, c'est bien connu, aiment à se prétendre loyales envers leurs amies, jusqu'à ce qu'une conquête particulière vienne foutre tous les beaux principes en l'air. Après les avoir observées discrètement, l'une après l'autre, une candidate s'imposa à son esprit. La jeune quarantaine, jolie et rondelette comme un bon fruit bien mûr, Joannie parlait un peu plus fort, un peu plus vite que les autres, cherchant visiblement à faire impression sur Claude. Elle ricanait à la moindre blague, s'adressait directement à Claude au moindre prétexte, simplement pour lui lancer une œillade éloquente... Ah! mais elle était championne! Elle s'était rapprochée de Claude si subtilement que personne ne s'en était rendu compte. À force de rires et de gestes soutenus, elle était parvenue à se glisser, millimètre par millimètre, jusqu'à lui toucher la jambe. Elle avait maintenant la cuisse appuyée fermement contre la sienne et s'y frottait doucement et discrètement. Véronique était trop occupée à contrôler son envie d'exprimer ouvertement son désir et les deux autres, Pascale et Linda, placotaient tellement que des pies de basse-cour n'auraient pas fait mieux.

Claude ne se fit pas prier et rendit la pareille à Joannie qui ne laissa rien paraître. Le couple flirta ainsi une bonne heure, jusqu'à ce que les deux autres divorcées manifestent leur intention de les quitter. Le cerveau de Claude fonctionna à toute allure, afin de contrôler la suite des événements. L'instant où Pascale et Linda se levèrent de leur siège devint délicat pour Claude et Joannie, puis arriva l'éclair de génie.

— Je vous raccompagne? demanda galamment Claude à Véronique et Joannie.

— Oh! nous pensions prendre le métro, mais si ça ne t'ennuie pas, il est déjà tard... répondit Véronique.

Après avoir bien calculé l'itinéraire à prendre, tout était tombé dans l'ordre. Claude raccompagna d'abord Joannie, prenant soin de lui faire mentionner son numéro d'appartement, puis ce fut au tour de Véronique. Devant l'immeuble de cette dernière, Claude l'embrassa longuement et tendrement, puis prétexta un service à rendre à un copain, le soir même, pour s'éclipser. Déçue, Véronique lui fit cependant promettre de lui téléphoner sous peu. Sitôt celle-ci rentrée, la voiture démarra et refit une partie du trajet parcouru, retournant chez Joannie qui attendait sa prise, sans aucun doute, à bras ouverts.

Elle était effectivement prête à l'accueillir et ouvrit la porte bien grande, dévoilant une demie nudité fort attrayante. Ruisselante, elle sortait à peine de la douche. Sa peau, envahie par la chair de poule, se laissait cajoler par la douce brise que son négligé ne protégeait guère. Ses mamelons dressés appelaient la caresse et, de ses cheveux mouillés, coulaient des gouttes langoureuses, s'amusant à s'accrocher à ses seins.

Claude entra sans mot dire et s'empara de l'un des fruits si savamment offerts. Ses mains s'appliquèrent à les réchauffer, puis ses lèvres prirent la relève. De léchées en mordillements, Joannie s'abandonna à ses voluptueuses attentions. Elle sentit la chair délicate entre ses jambes s'humecter, gonfler et s'ouvrir lentement. Elle eut une pensée pour Véronique, juste avant que Claude ne s'agenouille devant elle, mais cette pensée, éphémère, s'envola lorsqu'elle sentit la langue de Claude lui écarter doucement les cuisses et l'envahir de sa chaude haleine. Elle s'étendit là, devant la porte d'entrée qu'un coup de pied distrait referma, et laissa sans remords la langue étrangère la déguster lentement, lui arrachant délicieux soupirs et halètements. Claude la contempla un moment, puis déposa de doux baisers sur sa gorge, son ventre et ses hanches, dressés en un geste d'abandon. Elle ne fut pas déçue. Elle sentit d'abord sa langue bien écarter ses lèvres et en dessiner les contours, méthodiquement, comme si elle tentait d'en apprendre par cœur les moindres détails; puis, elle devina un doigt, par son toucher plus ferme, s'insérer dans chacun des replis, sondant sa chair avant de franchir le seuil ultime de son corps. Ce doigt timide devint vite plus frondeur, fouillant son corps frénétiquement, jusqu'à ce que la main presque entière la remplisse. Puis, la langue refit son apparition, léchant et suçant au rythme de la pénétration manuelle. Joannie n'en pouvait plus. Elle se savait si près de la jouissance et tentait l'impossible pour la retarder. C'est à cet instant que les caresses changèrent de rythme. De poussées presque sauvages, Claude devint tout à coup subtil, doux... trop doux, peut-être. La main se retira, la langue recula et ce ne fut plus que son souffle qui vint attiser, agacer le sexe flamboyant de Joannie. Claude en écarta les lèvres à nouveau et souffla doucement, comme pour tenter d'assécher son sexe luisant. Puis, il prit une certaine distance, planant au-dessus d'elle, la faisant presque crier de désir. Ce corps qu'elle connaissait à peine et qui allait sans doute se dévêtir, pensait-elle, avant de la pénétrer sauvagement, se redressa plutôt; il s'installa le long de son propre corps et, à l'aide du négligé abandonné, lui banda les yeux.

Claude retira ses chaussures, s'étendit à l'opposé de Joannie et laissa son pied glisser le long de la cuisse veloutée et s'appuyer contre le sexe humide et invitant. De douces rotations s'ensuivirent, encerclant lentement la chair tendre, puis un orteil se posa au seul endroit susceptible de la faire jouir. Elle sursauta devant l'inattendu, avant de se laisser pétrir.

— Je n'en peux plus... viens plus près, c'est ta queue que je veux!

L'exclamation donna du courage à l'orteil de Claude qui appuya avec davantage de conviction entre les lèvres béantes. Ses mouvements devinrent plus exigeants, plus brutaux; Joannie jura même qu'il était entré en elle. Claude s'étendit alors au-dessus d'elle, l'embrassa à pleine bouche, fouillant sa gorge de sa langue délicieuse, et la pénétra une fois de plus de sa main gourmande. Elle pouvait deviner chacun de ses gestes... les quatre doigts fouillant sa chair presque douloureusement, alors que son pouce s'acharnait sur le tout petit bout de chair si vulnérable. Quelques minutes à peine suffirent. Claude sentit les muscles de Joannie se contracter violemment, avant de s'épancher en de délicieux spasmes qu'il lui fallait absolument goûter. Sa bouche s'enfouit entre les cuisses brûlantes de sa victime et Claude put jouir, une fois encore, d'un triomphe inégalé.

* * *

Véronique ne tenait plus en place et son humeur était massacrante. Il y avait rencontre du club ce soir et elle était toujours sans nouvelles de Claude. Ses «joyeuses divorcées» de consœurs ne manqueraient sûrement pas de s'informer sur «l'idylle» et elle aurait l'air ridicule. Pas le moindre coup de fil! Le salaud. Il l'avait bien eue, avec ses histoires de «faire monter le désir jusqu'à la prochaine fois!» Elle s'était fait avoir comme une adolescente. Mais le pire, dans toute cette amertume, c'était qu'elle avait encore pour Claude un désir totalement inexplicable. Elle savait que s'il lui téléphonait là, maintenant, elle serait tout sourire et prête à le recevoir sur-le-champ et cela la mettait davantage en rogne. Comme elle se détestait! Depuis leur première rencontre, elle ne faisait qu'imaginer diverses scènes dans lesquelles elle le déshabillait complètement, saisissait sa queue à pleine main et la glissait en elle. Elle se voyait onduler langoureusement, broyant le membre énorme bien enfoui en elle, l'entendait gémir comme elle-même l'avait fait la semaine précédente. Elle le chevauchait, accélérant dangereusement pour l'emmener au bord de l'orgasme, puis ralentissant pour le faire languir davantage. Cette vision provoqua des fourmillements dans son ventre en même temps qu'une colère sourde. «Eh bien! tant pis pour lui!» se dit-elle, achevant les préparatifs de sa sortie.

Elle arriva au restaurant en avance et ne vit que Joannie au bar, sirotant un martini. Elle s'approcha de son amie et lui trouva la mine défaite.

— Qu'est-ce qui ne va pas, Joannie? Tu n'as pas l'air dans ton assiette...

— Bof! ça va, rien d'important. Et toi? Quoi de neuf?

— Oh! tu sais, toujours la même chose... les hommes sont tous des salopards.

— Ah! ça, Véro, j'en sais quelque chose! Laisse-moi deviner, le beau Claude n'a pas redonné signe de vie?

— J'aurais dû savoir.

— J'aurais pensé que... en te raccompagnant l'autre soir...

— Eh non! Il devait donner un coup de main à un copain, pour je ne sais plus quoi...

— Ah! les copains.

Joannie prit une profonde inspiration qu'elle laissa

s'échapper lentement avant d'ajouter:

— Ils nous prennent pour qui? Un copain, ouais...

— Quoi? Tu crois qu'il voyait quelqu'un d'autre?

— J'en sais rien... peut-être...

Joannie rougit furieusement. Elle était soulagée de savoir que Véronique n'avait pas revu Claude, qu'elle ne savait donc rien de ce qui s'était passé entre eux. Elle eut même une petite joie en réalisant que sa copine, non plus, n'avait pas eu le plaisir d'une «deuxième fois». Toutefois, elle eut peur d'en avoir trop dit, même si sa remarque n'avait rien d'exceptionnel. Elle prit une longue gorgée afin de se ressaisir et feignit de ne pas remarquer le regard chargé de doute que lui lança son amie. Heureusement pour elle, les deux autres divorcées firent leur apparition. Après avoir appris la déprime de Véronique et formulé les commentaires d'usage, elles se dirigèrent vers leur table habituelle. Ce fut Joannie qui, cette fois-là, retint l'attention du groupe par son attitude songeuse. Ses copines tentèrent de lui soutirer des informations, mais durent conjuguer leurs efforts et, ce, durant presque tout le repas, avant de réussir à la faire parler.

— Bien, moi aussi j'ai rencontré quelqu'un et moi non plus je n'ai pas eu de nouvelles depuis un bon moment. Voilà, je ne dirai rien de plus.

Les trois autres se regardèrent, ébahies. Joannie était, sans conteste, la plus coriace des quatre divorcées et aussi la moins «entrepreneuse». Elles ne lui avaient connu aucune aventure depuis son divorce et étaient complètement dépassées. Il n'était pas question qu'elles la laissent s'en sortir si facilement. Elles questionnèrent, harcelèrent, blaguèrent, rien n'y fit. Son silence devenait suspect et devant une remarque des plus anodines à cet effet de Véronique, Joannie menaça de partir. Ses amies ne la prenaient pas au sérieux; elle se leva donc et attrapa son sac à main. Véronique intervint une fois de plus:

— Allez, ne te fâche pas! Donne-nous au moins des miettes pour nous satisfaire, après on te laissera tranquille! Là, en ne disant rien, tu nous fais croire toutes sortes de conneries...

— Bon! Vous l'aurez voulu. Ce n'est vraiment pas si excitant. J'ai rencontré un type, il m'a fait perdre la boule. On a passé presque une nuit ensemble et je n'en ai plus entendu parler. Satisfaites? C'est tout ce que vous saurez.

Fidèles à leur habitude, ces dernières la bombardèrent de questions: il était comment au lit? Il avait l'air de quoi? Avait-il une grosse queue? Joannie s'impatientait. Elle était visiblement mal dans sa peau et finit par exploser:

— Je ne sais pas s'il avait une grosse queue, il ne m'a pas laissé y toucher! Il m'a fait jouir comme ça ne m'est pas arrivé depuis trop longtemps! Il ne m'a pas fait l'amour parce qu'il voulait faire monter le désir pour la prochaine fois! Ben, la prochaine fois n'arrivera pas et maintenant laissez-moi tranquille!

Sa réponse tomba comme un couperet et un silence de mort l'accueillit. Seule Véronique la regardait, la dévisageait. Le teint livide et la bouche grande ouverte, elle était littéralement pétrifiée. Joannie, réalisant qu'elle venait de se compromettre, se leva si brusquement qu'elle en renversa sa chaise et s'enfuit, l'œil humide et rouge de honte.

Pascale et Linda n'en revenaient pas. Elles osaient à peine respirer et laissèrent de longues minutes s'écouler avant de s'aventurer. C'est Pascale qui, la première, brisa le silence:

— Véro..., eh Véro, ça va?

Cette dernière se retourna lentement vers son interlocutrice. Elle semblait lointaine et tremblait de colère:

— La garce! Comment a-t-elle pu!

— Comment a-t-il pu, tu veux dire! N'oublie pas qu'il a sa part de responsabilité là-dedans, lui aussi! Un salaud de plus!

Linda s'en mêla:

— Oui, pour être un salaud, c'en est un vrai!

Elles échangèrent ainsi un bon moment. Véronique était totalement obsédée par son intention de découvrir le moment où le crime s'était produit, comment elle aurait dû agir pour l'empêcher et imaginer ce qu'elle aimerait faire à cette salope de Joannie. Quant à Pascale et Linda, en toute honnêteté, elles étaient ravies de la tournure des événements: en une année presque entière, quelque chose d'excitant s'était enfin produit! Il ne faisait pas de doute que le club venait de radier indéfiniment l'un de ses membres, mais l'action qui en découlait valait largement les désagréments!

* * *

C'est à la librairie près de chez elle que Pascale revit Claude. Elle y venait tous les vendredis, après le travail, bouquinant tranquillement pour voir si un nouveau roman attirait son portefeuille. Elle fit d'abord semblant qu'elle ne l'avait pas reconnu. Néanmoins, il s'avançait déjà vers elle et elle décida que la froideur et l'arrogance démontreraient clairement sa désapprobation sur le sort qu'il avait réservé à ses amies. Il était tout sourire et assurance. Le jean ajusté qu'il portait le faisait paraître encore plus mince. Sa démarche était fluide, comme s'il dansait vers elle et Pascale ne put s'empêcher de ressentir — bien malgré elle — une intense bouffée de désir. Les paroles de Véronique lui revinrent en mémoire; en regardant les mains de Claude, elle imaginait leur contact sur sa peau. Puis, il y avait eu Joannie, qui avait avoué n'avoir jamais joui de la sorte auparavant. Mais qu'avait-il donc de si spécial? Rien qu'elle ne put identifier, plutôt une impression. L'impression qu'on pouvait s'abandonner à ses caresses sans courir le moindre danger, à part celui de mourir de plaisir, si elle en croyait ses deux amies.

Ses deux amies... elle était presque en train d'oublier quel salaud il était. Au fait, en y repensant bien, le «club des jeunes divorcées mal baisées» était probablement en voie de disparition. Véronique n'était pas près de pardonner à Joannie et personne n'avait eu de nouvelles de cette dernière depuis la dernière rencontre. Le sourire radieux de Claude la tira de sa rêverie:

— Bonjour! C'est Pascale, je crois?

— Euh... oui! c'est bien ça. Comment ça va?

— La grande forme!

Pascale était abasourdie. Il ne semblait souffrir d'aucun remords. Pas la moindre petite gêne, ni le plus infime embarras. Elle ne put s'empêcher de le mettre à l'essai.

— Comment va Véronique? Je ne l'ai pas vue depuis la semaine dernière...

— Ah! je ne sais pas... Je ne l'ai pas revue non plus.

— Oh! je croyais que...

— Que nous nous fréquentions? Non, rien de tel. C'est une copine.

«Plus maintenant», se dit-elle, avant de poursuivre avec un petit sourire méchant:

— Et Joannie? Elle se porte bien?

Là, son interlocuteur resta bouche bée. Elle avait compté un point. Claude prit une longue inspiration, puis ajouta:

— Ce n'est pas ce que tu crois...

— Dire que tu as presque créé une nouvelle catégorie au sein de notre club: celle des gars corrects!

— Bon. Écoute, j'étais heureux de te revoir, mais puisque c'est comme ça...

— Non, excuse-moi. Je n'ai pas pu m'empêcher.

Claude hocha la tête et réfléchit un moment avant d'ajouter:

— Tu as mangé?

Pascale lui fit son plus beau sourire et le couple se dirigea vers un petit café non loin de là. Le repas fut très agréable et la fin en aurait pu être obscène si la nappe n'avait pas recouvert suffisamment leurs jambes. Les réserves de Pascale s'étaient évanouies durant la soupe; au repas principal, elle trouvait son compagnon fort séduisant; au dessert sa culotte était trempée et au digestif, comme s'il fallait étirer le supplice le plus longtemps possible, Pascale tremblait de désir pour cet homme si peu prévisible et si inhabituel.

Ils quittèrent le restaurant bras dessus, bras dessous et lorsque Claude suggéra une «promenade» en voiture, elle s'empressa d'accepter. Elle laisserait la sienne garée où elle l'était pour le moment.

Ils demeurèrent silencieux durant le trajet. Pascale tenta de s'emparer de la braguette de Claude pour dégager ce sexe qu'elle devinait sous l'étoffe rugueuse de son pantalon, mais en fut incapable. D'un geste à la fois tendre et ferme, Claude éloigna sa main, l'embrassa langoureusement et inséra sa propre main entre les cuisses brûlantes de Pascale. Elle écarta les jambes, lui laissant entrevoir l'ampleur de son désir et tentant de lui rendre l'accès plus aisé.

Claude quitta l'artère principale et se dirigea vers la montagne dont le sommet procurait une vue imprenable sur la ville. La voiture serpenta le long de la route, avant de s'arrêter dans l'une des aires de stationnement. Claude coupa le contact, sortit une épaisse couverture du coffre, prit la main de Pascale et la guida le long d'un sentier qui lui semblait familier. Après seulement quelques minutes de marche, Claude étendit la couverture au sol et demanda à celle-ci de se tenir debout et d'admirer le scintillement de la ville, plus bas. Elle obéit sans un mot et en proie à une moite anticipation. Claude s'agenouilla devant elle et remonta la jupe qui lui enveloppait les hanches. Puis, la culotte disparut et Pascale écarta légèrement les jambes pour laisser une main la caresser si délicatement qu'elle se demanda si le toucher était réel, ou seulement dû à la brise exceptionnellement douce en cette merveilleuse soirée d'automne.

Lorsqu'elle sentit un doigt s'insérer en elle, Pascale put constater à quel point elle avait besoin de ce contact. Elle était si lubrifiée qu'elle en fût presque embarrassée, l'espace d'un instant. Car Claude avait glissé un deuxième doigt en elle et s'abreuvait maintenant de sa jouissance, dardant furieusement la langue sur le minuscule point de chair qui la faisait frémir. Elle sentait ses fesses broyées, en même temps que la bouche s'écrasait sur elle. Claude devint plus gourmand, aspirant la chair entre ses lèvres, l'écorchant de ses dents. Pascale ne savait plus très bien ce qu'il lui infligeait, mais peu importait. Elle avait maintenant les cuisses et les fesses inondées d'un liquide onctueux que Claude insinuait entre ces dernières. À tel point que lorsqu'un autre doigt s'inséra derrière, elle fut agréablement étonnée de l'absence de douleur et du plaisir qui l'assaillit. Claude fouillait son corps de partout, l'envahissant jusqu'au plus profond de son être. Elle se sentait balancée par le mouvement alternant des deux mains qui jouaient de son corps comme du plus exquis violon et jouit avec une intensité écrasante. Chancelante, elle s'étendit sur la couverture, n'ayant que faire de la vue splendide. Elle voulait lui arracher ce pantalon qui gardait prisonnier un membre sans doute fort agréable à manier. Toutefois, ce souhait ne semblait pas être partagé par Claude qui se contenta de s'étendre au-dessus d'elle, obligeant le sexe assoiffé de Pascale à se frotter seulement contre la toile de son pantalon. Il ne lui laissa même pas le temps de reprendre son souffle que, déjà, il revenait à la charge d'une main pressante. Il roula sur le côté et s'empara de son sexe gonflé de désir, en l'écartant doucement, puis appuya d'une façon étonnamment précise sur son organe le plus sensible, déclenchant un nouveau torrent. De petits chocs électriques parcoururent le corps entier de Pascale qui abandonna aussitôt toute idée d'initiative, se laissant bercer au rythme des circonvolutions que son amant lui imposait. Il prenait son temps, narguant, mordillant, caressant. Il devait être musicien pour avoir tant de talent au bout des doigts! Elle sentait sa jouissance imminente la soulever comme une vague de fond. Puis, elle perdit tout sens de la réalité et se retrouva projetée dans un gigantesque orgasme. Elle mit plus de temps à récupérer et pensa même s'être assoupie. Elle ouvrit les yeux sur Claude qui avait déboutonné son corsage et embrassait ses seins avec une douceur extrême. Cette tendre attention, à l'opposée de la précédente agression, rendit Pascale à nouveau excitée.

Puis, Claude sourit et se releva brusquement.

— Je reviens tout de suite... ne bouge surtout pas, j'ai une idée.

Pascale le vit courir vers la voiture et en retirer une paire de solides gants de cuir qu'il glissa sur ses mains. Le contact, sur sa peau la fit frissonner, comme si quelqu'un d'autre venait de se joindre à eux. Elle ferma les yeux et se laissa caresser par ce toucher étrange, rude, mais combien agréable. Claude s'agenouilla entre ses cuisses trempées et laissa la main gantée parcourir ce corps brûlant. Puis, l'un des doigts de cuir pénétra la chair douce; le noir du cuir contre le blanc des cuisses et le rose des lèvres était saisissant. Pascale souleva les fesses devant le plaisir inattendu que cette invasion lui procura, qui décupla lorsque l'autre main gantée compléta les caresses à l'entrée de son sexe accueillant. Elle ne songea même pas à le réclamer en elle, se contentant de jouir, une fois de plus, de cet assaut.

* * *

Il était près de minuit quand Claude raccompagna Pascale à sa voiture. Ils échangèrent un tendre baiser et Pascale ne put s'empêcher de penser qu'elle ne le reverrait sans doute jamais. C'était dommage, mais sûrement mieux ainsi. Les quelques heures qu'elle venait de passer en sa compagnie seraient inoubliables et elle en garderait un excellent souvenir. D'ailleurs, que voudrait-elle de plus de Claude? Ils n'avaient, tous les deux, aucun point commun. Elle lui reconnaissait volontiers un talent merveilleux; exceptionnel, plutôt. En fait, assez extraordinaire. Trop extraordinaire pour qu'elle puisse empêcher une idée saugrenue de s'infiltrer dans sa tête. Elle le regarda partir et suivit sa voiture de vue le plus longtemps possible, avant de mettre la sienne en marche. L'heure tardive lui permettait de le garder à l'œil d'une bonne distance, c'était parfait. Elle le suivit ainsi jusque chez lui, convaincue d'être restée invisible et qu'il ne se doutait de rien. Elle nota l'adresse et partit enfin dormir d'un sommeil réparateur.

Claude, de son côté, se coucha ce soir-là avec le sentiment agréable du devoir accompli. Sa mission avançait plutôt bien... Trois «jeunes divorcées mal baisées» sur quatre, c'était pas mal en si peu de temps! Peut-être que bientôt, les quatre pourraient se revoir, se réconcilier et avouer que les mâles n'étaient peut-être pas aussi pourris qu'elles le pensaient. Claude savait pertinemment qu'elles avaient toutes joui de façon suffisamment spectaculaire pour oublier le fait qu'elles avaient partagé le même homme et ce détail pourrait même, éventuellement, les aider à redevenir les meilleures amies du monde. Tout était pour le mieux dans le meilleur des mondes et Claude considérait avec fierté avoir contribué à redorer le blason de la masculinité.

Il ne lui restait plus qu'à trouver une idée géniale pour séduire la quatrième, Linda. Mais à en juger par la facilité avec laquelle les autres avaient succombé...

* * *

— Je te jure, Linda, c'était absolument incroyable.

— Voyons, à ce point-là?

— Je comprends, maintenant, pourquoi Véronique voulait le garder à elle toute seule!

— Donc, y'a que moi qui n'ai pas profité de ce fameux Claude...

— Oui, pour le moment, du moins...

Pascale était intarissable et Linda en avait plus qu'assez de l'entendre répéter tout ce que Claude lui avait fait. Oui, Pascale était sa meilleure amie. Oui, elles se racontaient tout. Oui, elle était heureuse pour elle. Mais là, elle commençait à l'énerver. Jusqu'à ce qu'elle lui fasse une suggestion:

— Dis, pourquoi tu n'irais pas lui rendre visite, à ce cher Claude? Je sais où il habite et d'après ce qu'on peut constater, il n'en est pas à une conquête près...

— Tu veux que j'aille chez lui? Et quoi, ensuite? Une phrase intelligente du genre: «Bonjour! Il paraît que tu as fait jouir mes amies de manière exceptionnelle. Je n'ai pas joui depuis tant d'années, peux-tu m'aider?» Non, je ne crois pas que ce soit une bonne idée.

— Idiote! J'avais plutôt pensé à quelque chose du genre: «Bonjour. C'est Pascale qui m'a donné ton adresse et j'étais dans le coin. Oui, elle prenait le même chemin que toi, l'autre soir et a vu où tu habites. Elle voulait absolument que je te remette ceci.»

Là-dessus, Pascale exhiba l'un des gants que Claude avait utilisé pour la faire jouir, la troisième fois. Linda était étonnée de la débrouillardise de son amie. Cette dernière lui jura bien que ce n'était qu'un hasard, qu'il avait dû tomber de sa poche quand il l'avait raccompagnée à sa voiture. «Hum... ça pourrait marcher...» se dit Linda, songeuse.

Linda pensa et repensa au scénario mis au point par Pascale. L'idée était bonne, pour ne pas dire géniale, et elle serait stupide de passer outre. De toute évidence, Claude n'avait pas d'attache particulière et, avec un peu de chance, la soirée se terminerait de façon agréable. Au pire, elle retournerait chez elle et ne repenserait plus à toute l'histoire. Elle mettrait le plan à exécution mercredi soir, assez tard pour avoir de bonnes chances qu'il soit à la maison et assez tôt pour qu'il ne soit pas trop fatigué, au cas où...

Le mercredi venu, elle s'habilla avec soin, revêtant ses plus beaux sous-vêtements, portant une attention particulière à sa coiffure et n'oubliant surtout pas les quelques gouttes de parfum stratégiquement déposées. Elle stationna non loin de l'immeuble, prit une profonde inspiration et sortit de la voiture. Elle tentait, tant bien que mal, de se détendre jusqu'à ce qu'elle réalise qu'elle ne connaissait pas le numéro de son appartement. Elle vérifia les plaques postales des quatre résidents et lut, sur la seconde: «Claude Paré, 2B». Comme il n'y avait pas d'autres Claude dans l'immeuble, celui-là devait être le bon. Elle monta l'escalier et se retrouva devant la porte du 2B. Une douce musique s'en échappait et Linda faillit tourner les talons. Et s'il n'était pas seul? Une petite voix lui souffla: «Il a fait assez de conquêtes dernièrement, il est seul. Sinon, remets-lui le gant et pars, c'est tout! Il ne devinera pas nécessairement tes intentions, après tout!»

Elle écouta cette petite voix qui ne lui avait jamais menti et frappa discrètement à la porte. Rien. La petite voix lui dit, cette fois: «Tes coups étaient si faibles que, même moi, je ne t'aurais pas entendue!» Elle cogna plus fort et entendit des pas s'approcher.

Claude vint enfin lui répondre. Semblant tout juste sortir de la douche, son corps n'était recouvert que d'une serviette, retenue d'une main sur la poitrine.

— Claude, excuse-moi, je te dérange...

Linda était confuse. Elle aurait dû se considérer chanceuse de trouver Claude chez lui, et en tenue si légère. Toutefois, quelque chose clochait, sans qu'elle puisse tout à fait l'identifier.

Claude la reconnut immédiatement, tressaillit de surprise et en échappa la serviette. Linda comprit aussitôt ce qui clochait: Claude n'était certes pas comme tous les autres hommes qu'elles avaient rencontrés... C'était une femme!

UNE ŒUVRE D'ART

Justine nageait en pleine obsession. Elle se trouvait dans une impasse depuis plusieurs mois et, n'ayant jamais connu ce genre de situation, était désemparée. Il ne s'agissait pas d'un cul-de-sac tragique, avec des conséquences graves, si l'on s'en tient aux valeurs normales: sa vie n'était pas en danger, elle n'était pas malade, démunie ou menacée d'un quelconque fléau. Non, c'était plutôt son incapacité de terminer l'oeuvre de sa vie: Adam, son fétiche, son idéal, son rêve. Elle avait commencé à le peindre, deux ans auparavant, et n'arrivait toujours pas à se résoudre à lui donner la touche finale qui le compléterait. La toile était immense. L'homme se tenait debout, les jambes écartées et les bras ramenés derrière la tête, ses cheveux bouclés couleur de miel caressant ses épaules massives. Ses yeux translucides projetaient un air de lubricité coquine: celle d'un homme qui se sait irrésistible et qui en profite, en abuse même. Son corps ciselé semblait vouloir se mouvoir lascivement et prendre vie. Sa bouche, aux lèvres pleines, n'espérait qu'un corps de femme à embrasser. Il se tenait là, debout, attendant qu'on le conquérisse... lui et la montagne d'argent qu'il surplombait.

Justine était convaincue que son tableau d'Adam, si seulement elle se décidait à le terminer, changerait sa vie, qu'il représentait, du moins, le début d'une vie nouvelle, le lancement officiel de sa carrière d'artiste. Elle croyait son talent dévoilé avec splendeur dans ce tableau, bien qu'inachevé; toutefois, elle était souvent bouleversée par les autres images magiques, les idées de tableaux éblouissantes qui se bousculaient dans sa tête et n'attendaient que sa main pour se manifester. Elle avait tant de projets! Néanmoins, toutes ces visions merveilleuses se refusaient de prendre vie, tant qu'Adam était en chantier.

C'était ça, son problème. Justine savait maintenant que, tant qu'elle ne l'aurait pas complété, il ne lui servait à rien de tenter d'amorcer une autre toile. Elle avait essayé à plusieurs reprises mais, chaque fois que son regard tombait sur Adam, tout nouveau projet devenait fade, inintéressant. Adam l'obsédait, la hantait.

Il ne lui manquait pourtant pas grand-chose, d'un point de vue quantitatif. Cependant, il fallait que même le peu qu'il restait à lui donner soit parfait. Justine avait créé Adam avec différentes parties d'hommes qu'elle avait déjà connus et qui avaient été significatifs. La tête, par exemple, avec les boucles dorées et le sourire irrésistible, c'était Alexandre. Il était étudiant, en même temps qu'elle, à l'école des Beaux-Arts. Elle l'avait remarqué dès le premier jour, prenant d'abord ombrage à sa beauté trop frappante. Justine était une esthète depuis sa naissance; la beauté, sous toutes ses formes, l'enchantait, l'émouvait. Mais dans le cas d'Alexandre, c'était presque trop puissant et, malgré l'arrogance et l'assurance du jeune homme, elle fut séduite sur-le-champ.

Après quelques semaines durant lesquelles Justine l'admirait et le désirait de plus en plus, rêvant de lui les soirs de solitude et tentant déjà d'esquisser son visage sublime sur divers petits bouts de papier, Alexandre l'avait accostée, en sortant d'un cours un vendredi après-midi, pour l'inviter à prendre un verre. Il ne semblait pas douter un instant de sa réponse, la guidant d'un pas sûr à l'extérieur du bâtiment. Une fois installés devant une bière bien mousseuse, il lui avait dit, tout naturellement:

— J'ai autant envie de toi que tu as envie de moi.

Elle avait voulu protester, mais c'était inutile. Elle le désirait avec une intensité surprenante. Elle n'avait jamais encore fait l'amour avec un homme si beau et n'aurait pu attendre beaucoup plus longtemps avant de découvrir quel genre d'amant il était. Se jetant à l'eau, elle avait simplement répondu:

— Alors, qu'est-ce qu'on fait ici?

Elle le suivit jusque chez lui, sans poser d'autres questions. Elle voulait être à ses côtés, dans un lit ou sur une surface confortable quelconque, avec le moins de vêtements possible.

Il referma la porte derrière elle et s'installa lascivement dans un fauteuil, la laissant venir à lui. Elle s'approcha lentement, s'agenouilla devant lui et déboutonna sa chemise. Elle embrassa son ventre et son torse, chatouilla son cou de petits baisers et goûta enfin cette bouche qu'elle embrassait en rêve depuis des semaines. Ses lèvres étaient douces et pleines, d'une sensualité divine. Il embrassait comme un dieu, glissant sa langue dans la bouche de Justine délicatement, presque timidement, avant de s'imposer davantage et devenir gourmand. Il déboutonna enfin la blouse de Justine et embrassa ses seins tendus, les effleurant de la langue jusqu'à ce que leur pointe se dresse. Justine admirait ses magnifiques cheveux d'or, ses longues boucles souples se balançant doucement. Elle les caressa, étonnée et ravie de leur douceur, de leur souplesse. Elle eut subitement envie de voir si le poil de son entrejambe était de la même teinte. Elle défit son pantalon et en dégagea son sexe, satisfaite de voir l'érection lui sauter en plein visage. La toison était plus foncée, mais contenait des reflets aussi dorés que ses cheveux. Elle glissa le membre tendu dans sa bouche et s'en régala. Sa bouche l'agaça, le téta, l'enduisit abondamment de salive, avant de le lécher pour l'imprégner à nouveau, l'engloutit plus profondément. Alexandre semblait apprécier et lui cajolait la nuque de façon encourageante. Justine joignit une main à sa bouche talentueuse, la faisant glisser le long du membre grossissant, le serrant doucement entre ses doigts agiles. Au bout d'un moment, comme Alexandre ne semblait pas vouloir l'interrompre, Justine se releva et retira ses vêtements à son tour. Puis, elle s'allongea au-dessus de lui, pressant le membre gonflé d'Alexandre contre son sexe humide. Elle l'embrassa encore et sentit la main d'Alexandre s'insinuer entre ses cuisses. Il frotta délicatement et Justine le glissa finalement en elle, lentement, délicieusement. Son corps se souleva progressivement, retombant avec davantage de force sur le membre bien dressé. Elle le chevauchait maintenant avec passion et espérait qu'il continue de la caresser. Qu'il était beau! Son visage avait pris une expression mi-rêveuse, mi-moqueuse, un ange taquin, ses magnifiques yeux verts aux cils presque trop longs la regardant intensément. Justine lut, dans son expression, qu'il la laissait se servir de son corps et de sa beauté à sa guise; à elle d'en profiter. Il voulait qu'elle lui fasse l'amour? Eh bien! elle lui ferait l'amour. Elle se retira et l'attira vers le sol, où il s'étendit sur le dos. Justine défit la ceinture de son pantalon et noua les poignets d'Alexandre au pied du divan. Ses beaux yeux verts pétillèrent davantage. Le voyant là, à sa merci, cet homme trop beau pour être réel, Justine sentit son ventre se nouer d'excitation. Elle s'approcha de sa victime et plaça ses jambes de chaque côté de sa tête. Elle se caressa ainsi, juste au-dessus de son visage, glissant un doigt à l'entrée de son sexe moite et en chatouillant la chair tendre. Puis, elle s'agenouilla, déposant son entrejambe sur les lèvres sublimes d'Alexandre qui embrassa, caressa, mordilla tant et si bien que Justine se crut prête à jouir. Voulant retarder ce moment merveilleux afin de le savourer davantage, elle se releva, pour ensuite s'asseoir sur le membre érigé d'Alexandre et le chevaucher.

Justine mit tout son savoir-faire à l'œuvre: elle coula lentement la verge d'Alexandre en elle, s'abaissant sur lui d'un millimètre à la fois, sentant ses muscles l'enrober délicieusement. Une fois bien ancrée, elle appuya davantage, sentant tout au fond de son ventre une merveilleuse pression l'envahir. Elle se balança ainsi doucement et délibérément, guidant la main d'Alexandre entre ses cuisses ouvertes. Il la caressa davantage, recueillant entre ses doigts une lotion onctueuse. Justine avait envie de jouir. Elle commença à se mouvoir, accélérant lentement pour atteindre un rythme effréné. Alexandre la caressait toujours et elle savait la jouissance imminente. Toutefois, après plusieurs longues minutes des plus agréables, mais durant lesquelles Justine réalisa qu'elle n'atteindrait pas cette jouissance tant attendue, c'est Alexandre qui se mit à se débattre avec ses liens, poussant autant qu'il le pouvait contre le corps de Justine, afin de s'enfoncer davantage. Alexandre se ruait maintenant contre elle, tentant de rompre ses liens, les yeux plus brillants que jamais. Son regard lui fit oublier sa propre frustration. Justine bondit contre le sexe si invitant d'Alexandre, au point de le faire exploser, et sentit vite son propre corps inondé de sa jouissance. Elle défit aussitôt ses liens et s'étendit près de lui sur la moquette, reprenant son souffle dans les bras du plus bel homme qu'elle ait jamais conquis.

Justine et Alexandre se revirent quelques fois par la suite. Cependant, en-dehors de leurs ébats, ils n'avaient pas grand-chose à partager. Justine le trouvait gentil et de bonne compagnie, mais il manquait d'une certaine profondeur. De plus, il n'avait pas l'intention d'accorder ses faveurs à une seule femme et Justine ne tenait pas à se retrouver sur une liste d'attente. Ils convinrent donc de se quitter sans trop de remous, chacun retournant à la vie qu'il menait avant. Justine gardait toutefois un bon souvenir d'Alexandre et c'est tout naturellement son visage qui s'était imposé lorsqu'elle avait conçu Adam. Néanmoins, elle ne souhaitait conserver de lui que son visage.

Le corps de son sujet, quant à lui, aux muscles parfaitement dessinés, aux jambes longues et solides et aux bras puissants, appartenait à John. Celui-ci était plutôt du genre sportif. Pas un sportif de salon, un vrai sportif. Justine l'avait remarqué lors d'une visite à l'immense parc surplombant la ville où elle se rendait régulièrement pour peindre et dessiner. Elle prenait plaisir à observer les gens qui l'entouraient: une mère et son enfant, s'émerveillant à faire voler un cerf-volant; un homme âgé assis sur un banc, semblant contempler les années écoulées; un couple enlacé, marchant lentement et s'arrêtant régulièrement pour s'embrasser; un jeune homme au pas de course, dont les vêtements étaient trempés de sueur. Un jeune homme au pas de course dont les vêtements trempés laissaient deviner la perfection de son corps. Un jeune homme au pas de course qui souriait à Justine. Hum... un très beau jeune homme au pas de course!

La première fois qu'elle l'avait vu, Justine s'était empressée de le dessiner, de peur de l'oublier. Retournant au même endroit plusieurs jours d'affilée, elle le revit suffisamment pour que son croquis se précise, les traits de crayon habiles dévoilant la souplesse et la robustesse de son corps. Le sixième jour, il termina sa course devant elle et l'interrogea sur son dessin. Il s'exprimait en anglais et Justine, bien qu'elle ne maîtrisât pas la langue, comprit ce qu'il lui demandait et lui tendit le dessin. Il rougit en se reconnaissant, ce qui plut énormément à cette dernière, surtout après avoir vécu quelque temps auprès d'un Alexandre si habitué à se faire complimenter, qu'il en était blasé.

Il prit place à ses côtés et la regarda dessiner. Profitant de sa proximité, Justine affina quelques détails, précisa de quelques traits un ombrage, une forme, une expression. Puis, elle lui montra le dessin et le lui offrit. Fier, John le roula méticuleusement, le glissa dans sa veste et repartit au pas de course. Justine ne le revit que le lendemain.

Il déboucha du sentier habituel, mais en marchant, cette fois. S'arrêtant devant elle, il lui fit un large et charmant sourire, auquel Justine répondit aussi sincèrement. Il lui tendit la main, qu'elle prit avec un naturel désarmant et ils marchèrent en silence, vers la sortie du parc. Justine se sentait bien. Elle déambulait pourtant avec un parfait étranger, mais tout ceci lui semblait juste, normal. Le silence qu'ils partageaient n'avait rien de déroutant, au contraire. Les chauds rayons du soleil, en cette fin d'après-midi d'automne, caressaient le couple et une douce brise se souleva. Justine ferma les yeux un moment, toute à son bien-être, et John délaissa sa main pour mettre un bras autour de son épaule. Elle s'appuya sur le corps solide du jeune homme, encercla sa taille fine et se laissa guider.

Ils marchèrent longtemps, n'échangeant que quelques mots, çà et là, sur le plaisir qu'ils ressentaient à être ensemble. Aucune question sur la vie de l'autre, pas d'échange de banalités pour tenter de deviner les intentions ou de paroles inutiles. Ils aboutirent sur une place fort animée où des mimes, jongleurs et autres amuseurs éblouissaient les passants. John s'arrêta un moment pour lui offrir une rose et elle en respira le parfum, la glissant dans ses cheveux. Ils passèrent quelques instants à admirer la foule et son entrain et s'engouffrèrent dans un petit bistro. Ils mangèrent en se souriant, ni l'un ni l'autre ne s'aventurant dans une conversation qui pourrait être difficile à cause des langues différentes, se contentant de s'observer mutuellement en riant. Ils mangèrent et burent, puis burent davantage.

La soirée était bien entamée quand un petit orchestre prit place sur la scène minuscule du bistro et réchauffa l'atmosphère par des airs langoureux. John invita Justine à danser et elle se blottit tout contre lui, laissant la musique et l'ambiance s'emparer d'elle. Elle était si bien! John la surplombait d'une bonne tête et elle se sentait minuscule, protégée dans ses bras. Il dansait de façon admirable et la berçait au rythme de l'orchestre. Quand il l'embrassa enfin, Justine eut l'impression qu'ils se connaissaient depuis des années. Elle eut une envie terrible de le ramener chez elle. Elle ramassa son sac, prit la main de John et l'attira hors du bistro.

Ils arrivèrent chez elle en quelques minutes et, aussitôt la porte refermée, se retrouvèrent nus, enlacés, baignant dans la lumière des néons de la rue, se répandant par les immenses fenêtres du loft. Ils s'embrassèrent passionnément, comme un couple uni qui se revoit enfin après une trop longue absence et John la souleva, pour la déposer délicatement dans le lit défait. Il prit la rose des cheveux de Justine et glissa les somptueux pétales sur les lèvres entrouvertes de la jeune femme; il en dessina le contour de son visage, parcourut la gorge, l'insinua entre les seins et l'en fit faire le tour, effleurant à peine la peau frissonnante. Il déposa la langue sur les mamelons dressés de Justine qui en apprécia le toucher aussi délicat que celui de la rose. Puis, la fleur caressa doucement son ventre, ses côtes, ses jambes, ses pieds... Justine désirait cet homme à un point tel qu'elle en était paralysée. Son ventre tremblait, ses seins se gonflaient, ses cuisses s'écartaient. La rose parcourut de nouveau ses jambes, chatouillant l'intérieur de ses cuisses ouvertes jusqu'à son sexe avide où John déposa des lèvres tout aussi douces en l'embrassant tendrement. Justine se sentait ruisseler sous son haleine, de douces crampes contractant son ventre. Il fallait qu'il la pénètre, son corps immense au-dessus du sien, leur visage l'un contre l'autre. John interrompit sa caresse et s'inséra entre les jambes de Justine, forçant son membre dans l'antre luisant. Il glissa en elle et une sensation de bien-être envahit Justine. Puis, John la souleva, l'asseyant sur ses cuisses; elle enroula les jambes autour de sa taille et se laissa balancer le long de la verge aussi imposante que le reste de son corps. Le sexe de John l'emplissait magnifiquement, paraissant s'enfoncer en elle indéfiniment et provoquant d'intenses frissons de plaisir qui, elle en était certaine, la ferait jouir d'un moment à l'autre. Mais John avait d'autres intentions. Il la souleva plus haut, imprimant davantage de force à sa pénétration et, après quelques instants, se répandit en elle en un profond et interminable soupir. Justine était un peu déçue, se croyant si proche d'un orgasme retentissant... mais déjà, la queue de John reprenait vie, se frottant contre sa cuisse chaude. Il la fit se retourner sur le ventre et, sans perdre une minute, s'enfouit en elle en lui soulevant les hanches. Justine sentit la tension monter, les frissons revenir. Elle se caressa doucement, tentant de trouver le rythme propice, tenant compte de la fougue de John. Toutefois, l'orgasme tardait à venir. Elle était cependant comblée, comme en témoignaient la rougeur de ses joues, la fine sueur perlant au-dessus de sa bouche et les palpitations de son ventre. Elle se cala davantage contre John qui s'activait avec une vigueur toute à son honneur. Quand elle se souleva sur les bras et les genoux afin d'offrir une meilleure prise à son assaillant, ce dernier devint frénétique. Il se rua en elle violemment, lui martelant presque la tête contre le mur. Justine avait l'impression qu'elle ne pourrait se contenir plus longtemps, son sexe broyé au point de fondre littéralement sous l'assaut. Elle prit une profonde inspiration, afin de parer à la vague de jouissance qui... s'interrompit avec la seconde éjaculation de John.

Il s'effondra près d'elle et la serra tendrement tout contre lui. Justine se leva, mit de la musique et retourna se réfugier dans ces bras si sécurisants et s'endormit comme une enfant.

Ils refirent l'amour quatre fois cette nuit-là, et jusque dans l'après-midi du jour suivant. Le moins que Justine pouvait dire de John, c'est qu'il était fringant! Aussitôt qu'il avait joui, il était prêt à recommencer. Justine souhaitait seulement qu'il ne jouisse pas aussi rapidement, afin qu'elle puisse, elle aussi, trouver son compte. Mais c'était inévitable. Dommage, mais pas catastrophique. Justine se disait qu'à force de le connaître, elle trouverait un moyen délicat de lui faire comprendre et que ce petit détail se réglerait de lui-même.

Cela s'avéra toutefois impossible. Ce n'est que quelques jours plus tard que Justine apprit que John n'habitait pas la même ville qu'elle. Il n'était que de passage et devait partir incessamment s'entraîner en vue des prochains Jeux olympiques. Cependant, il se prétendait déjà amoureux d'elle et voulait qu'elle le suive... Justine y songea un moment, puis se rendit à l'évidence: elle ne quitterait pas sa ville natale, celle où elle avait toujours vécu, pour s'installer ailleurs, dans un endroit étranger où l'on parlait une autre langue que la sienne, simplement pour John. Elle l'aimait bien, mais n'était pas si impulsive. John était terriblement déçu. Il la quitta finalement, en lui promettant qu'il lui téléphonerait quand il reviendrait dans les parages. Justine se disait qu'il serait sans doute flatté de savoir qu'elle avait doté Adam de son corps splendide...

Finalement, il y avait eu Antoine. Elle l'avait rencontré à une exposition fort courue. Son nom complet était Antoine-Xavier de Landreville «junior»; elle avait presque ri en entendant ce nom prétentieux. Antoine respirait l'aisance, l'élégance et toute l'assurance que l'argent peut procurer. Au cours de la soirée, avouant s'ennuyer à mourir, il l'avait entraînée hors de la galerie et l'avait emmenée manger au restaurant le plus chic de la ville. Le maître d'hôtel le salua avec force «Monsieur de Landreville», on leur apporta du champagne, sans même qu'Antoine ait à le commander et on les traita comme de la royauté. Dès cette première soirée, Justine pressentait qu'un destin semblable l'attendait, qu'elle profiterait, un jour, d'autant de luxe et de liberté.

Elle n'avait pas été amoureuse de cet homme; c'était sa situation, sa nonchalance envers les petits plaisirs de la vie qui l'excitaient au plus haut point. Elle avait fait avec lui des folies extravagantes — autant sexuellement que matériellement — et cela l'enchantait. Avec lui, elle pouvait se permettre d'être qui elle voulait: pute de première classe, petite amie colleuse, amie, confidente, maîtresse défendue...

Ils s'étaient fréquentés durant quelques mois, au cours desquels Antoine avait emmené Justine fêter son anniversaire aux Bahamas. Ce soir-là, le couple avait passé une bonne partie de la soirée au casino de l'hôtel. Ils avaient joué fort, misant des sommes faramineuses. Et ça avait rapporté gros...

Toute la soirée, la chance lui avait souri et chaque fois qu'elle gagnait, elle sentait son sexe s'ouvrir davantage, laissant perler une petite goutte salée sur sa culotte de satin. Rien ne lui résistait et le magot amassé devenait, à chaque heure, plus important. Elle continua à jouer, jusqu'à ce qu'elle juge que leurs gains étaient suffisants pour passer au prochain acte.

Son but atteint, elle insista pour qu'on fasse monter la somme dans leur chambre plutôt que de la garder au coffret de sûreté. Un air suppliant doublé d'un sourire irrésistible au caissier exauça ses souhaits et on apporta à leur suite, quelques instants plus tard, un énorme sac rempli de billets, ainsi qu'une bouteille de champagne, offerte par la maison. Justine s'empara du sac d'argent et en répandit le contenu sur le drap de satin recouvrant le lit immense. Elle demeura immobile un moment, les yeux rivés sur la montagne de rêve. Puis, elle se déshabilla lentement devant Antoine et, ne conservant que ses chaussures, s'étendit langoureusement sur le lit. Sa mine aguicheuse se transforma rapidement en une joie toute enfantine. Les chaussures volèrent et Justine se mit à danser et à sauter sur le lit, éparpillant les billets à pleines mains, glissant sur le satin et se laissant tomber de tout son long, chaque pore de sa peau savourant le contact rugueux du papier. Tant d'argent... Justine vit en un éclair tous les objets et les choses qu'elle pourrait s'offrir avec seulement une fraction de cette montagne. Elle se calma peu à peu, s'étendit, écarta les jambes et fit signe à Antoine de venir la rejoindre.

Cependant, ce qui excitait tant Justine n'était pas lui, Antoine, mais plutôt la tonne de billets sur lesquels son corps reposait, à tel point qu'elle s'empara de quelques-uns et les frotta lentement sur sa poitrine, effleurant ses seins généreux. Puis, ses mains en agrippèrent davantage, recouvrant lentement son corps entier. Elle s'en frottait le cou et le visage, humant leur arôme subtil, avant de glisser un billet presque neuf entre ses cuisses entrouvertes. Le billet s'y froissa graduellement, puis elle l'enroula autour de son majeur et l'introduisit en elle délicatement, afin de ne pas meurtrir cette chair si fragile. La délicatesse ne dura cependant pas et, à peine quelques instants plus tard, son doigt allait et venait au plus profond de son corps, écorchant et labourant son sexe humide. Elle aperçut Antoine qui la regardait et se releva, le saisissant par la queue qu'elle enroula de plusieurs billets. Elle le masturba ainsi, sa main frottant contre le papier, la queue grossissant davantage. Puis, elle écarta les jambes et le guida entre ses cuisses ouvertes, accueillant ce membre recouvert de l'étrange condom de papier qui disparaissait rapidement dans sa chair. Les doigts d'Antoine la caressèrent profusément, faisant jaillir de petits jets de sève qui imbibaient davantage sa queue, faisant haleter et gémir Justine de plus belle.

Elle se retourna, afin d'admirer la substance tant convoitée, s'y frotter les seins et s'en caresser tout à loisir. Le bruissement était agréable à son oreille, les billets froissés ayant absorbé l'odeur de leur sexe enflammé. Antoine la pénétra avec force, la projetant vers l'avant sans pitié, jusqu'à ce qu'il se retire et jouisse, répandant son propre jet sur des billets de 100,00 $. Justine s'en empara, les lécha et les déposa sur sa poitrine, se caressant toujours, laissant avec gratitude la langue de son amant asperger ses lèvres meurtries. Mais, après plusieurs coups de langue pourtant fort agréables, Justine comprit que, cette fois encore, elle ne connaîtrait pas les secousses de bonheur qu'elle attendait. Elle haleta davantage, se lança dans une feinte élaborée qui convainquit son amant et se laissa retomber, sentant sous ses fesses quelques billets froissés, trempés et rugueux.

Justine avait adoré cette soirée malgré qu'elle n'ait pas joui autant qu'elle l'espérait, et c'est ce qu'elle avait en tête quand elle avait peint la montagne d'argent sous les pieds de son Adam.

Cependant, elle n'appréciait pas Antoine autant qu'elle l'aurait souhaité. Elle lui trouvait, certes, de nombreuses qualités, mais son charme principal, même si elle détestait se l'avouer, était son compte de banque. C'était pourtant un homme merveilleux: généreux, respectueux, il savait faire plaisir et en avait les moyens. Il était assez attirant et un amant convenable... mais Justine sentait qu'il lui faudrait le quitter pour éviter de le blesser en profitant ainsi de ses largesses sans en être amoureuse. Et c'est ce qu'elle fit.

Enfin. Voilà pour le passé.

Pour le moment, et comme chaque fois qu'elle se remémorait ces merveilleux moments, Justine n'était pas plus avancée. Elle ne flottait pas sur un immense lit recouvert de milliers de billets de dollars, n'était en compagnie d'aucun des hommes avec qui elle avait passé de si bons moments et

Adam n'était toujours pas terminé.

Il manquait définitivement quelque chose à Adam et quelque chose de vital: son sexe. Justine ne l'avait même pas encore entamé. C'était la seule partie de son anatomie qui soit manquante. Elle n'arrivait pas à se décider sur le genre de queue que son Adam devrait arborer. Elle avait souvent envie de la rendre aussi superbe que le reste, d'une longueur et d'une grosseur dignes d'un dieu, mais d'autres jours, elle souhaitait plutôt qu'il soit comme le commun des mortels, avec juste ce qu'il fallait au bon endroit. Elle aurait sans doute pu lui donner la queue d'Antoine. Elle était assez convenable, dodue et douce à souhait; mais sa performance au lit n'était pas particulièrement renversante. Elle aurait définitivement pu — et avait presque succombé à plusieurs reprises — lui donner celle de John, qui était celui des trois hommes dont elle gardait le meilleur souvenir. Toutefois, Justine tenait mordicus à ce que le sexe dont elle doterait Adam soit une copie conforme de celui qui, dans la vraie vie, lui ferait perdre la tête. Tous les Alexandre, John et Antoine de ce monde avaient certes de très nombreux atouts en leur faveur, mais aucun d'entre eux n'était arrivé à la faire jouir... du moins avec cet abandon et cette intensité dont elle entendait partout parler.

Une fois qu'elle aurait connu cet état de grâce, Justine était convaincue que le reste s'ensuivrait. Elle serait alors libérée de son obsession et pourrait enfin apporter la touche finale à Adam et peindre toutes les œuvres inestimables dont elle se savait capable. Elle se demandait, cependant, si elle réussirait à se défaire d'Adam, un jour. Quel prix pouvait-on fixer à une toile qui représentait tant de choses? Adam lui apportait beaucoup. Même s'il n'était qu'une chimère, une image sortie tout droit d'un rêve, elle lui prêtait vie régulièrement et en tirait un précieux réconfort. Elle faisait appel à lui, le consultant sur telle ou telle conduite à adopter, surtout en période de crise. Il lui apportait sa sagesse muette, son soutien inconditionnel. Et quand elle se sentait seule, elle se l'imaginait tout près d'elle, la serrant vigoureusement entre ses bras puissants. Dans ces cas-là, elle forgeait la partie incomplète de son anatomie au gré de ses fantaisies; son sexe était alors généralement énorme, presque issu de mythes anciens, tant par sa taille que par son efficacité. Elle pouvait tout se permettre! En plus de sa perfection sur le plan sexuel, Adam possédait toutes les qualités qu'elle recherchait chez un homme. Elle était si heureuse avec lui! Ils formaient un couple parfait, intime, complice, amoureux. Elle était sa maîtresse, sa mère, sa sœur; il était son amant, son père, son confident. Et l'amant était assez exceptionnel... Adam ne lui faisait jamais l'amour deux fois de la même manière, ce qui est très concevable quand un homme change de queue à chaque rencontre!

Mais récemment, elle ressentait un vide cuisant quand elle revenait à la dure réalité de son lit solitaire et froid et qu'Adam avait repris sa place sur sa toile. Justine était frustrée. Elle se demandait quand et de quelle façon elle pourrait rencontrer le partenaire sexuel idéal, celui qui lui ferait assez d'effet pour qu'elle lui emprunte un organe. Quels souvenirs seraient créés avec cet homme qui le mettraient dans le même groupe sélect de ses amants dignes de prêter une partie de leur corps à Adam?

Le sexe dont elle doterait Adam devrait représenter le summum, l'apothéose de la virilité masculine puisque, Justine en était convaincue, seule cette queue ultime pourrait finalement la faire jouir complètement. Si ni John ni Alexandre ni Antoine n'y étaient parvenus, et ils étaient tous les trois de stature fort respectable, seule une queue démesurée, époustouflante y arriverait.

À cette pensée, elle s'imagina dans les bras de son Adam, le chevauchant follement, sentant son sexe immense lui distendre le ventre. Elle imaginait ses mains puissantes glisser sur sa chair enflammée, pétrir ses seins avec une douceur et une passion étonnantes; elle pouvait sentir sa queue, dure comme du marbre, glisser en elle de plus en plus rapidement. Puis, elle le retirait et l'enfouissait dans sa bouche, s'appliquant à provoquer de tendres gémissements, agaçant le gland si sensible, embrassant et aspirant chaque parcelle de ce membre énorme qu'il lui emplissait la gorge. Quand elle le sentait au bord de l'orgasme, elle le chevauchait de nouveau, lui imposant son propre rythme effréné et le torturant jusqu'à une jouissance mutuelle. Elle se vit transportée, secouée, abrutie de jouissance, hurlant son plaisir à s'en rompre les cordes vocales, sentant son corps s'abandonner aux délices les plus inimaginables.

Ce fantasme délectable fit aussitôt place à la déprime. Peut-être pourrait-elle lui inventer un membre à sa hauteur et en finir une fois pour toutes? Cela enlèverait sans doute un côté mystique à cet Adam idéal, mais elle devrait peut-être courir ce risque, malgré tout.

Proche du découragement, elle croyait cependant qu'elle n'y arriverait jamais. Ni à inventer la queue de rêve ni à jouir à en hurler. Ne voulant pas sombrer davantage dans un miasme de noirceur et de découragement, Justine choisit de se changer les idées et de sortir un peu.

* * *

Le soleil se levait à peine que Justine était à la tâche. Il dormait paisiblement et elle avait retiré le drap le recouvrant. Elle était encore abasourdie et se dépêchait à installer son matériel, afin de pouvoir enfin mettre la touche finale à Adam. Elle était certaine que Pierre ne verrait pas d'objection à ce qu'elle l'utilise à ces fins, mais voulait avoir terminé avant qu'il s'éveille, au cas où il en prendrait ombrage.

Il serait alors trop tard, son œuvre bel et bien complétée...

La première fois qu'elle avait joui sous ses caresses, elle en avait été tellement étonnée qu'elle attribua l'orgasme mirobolant aux effets de l'alcool qu'elle avait consommé en quantité déraisonnable. Elle s'en souvenait clairement. Pierre la pénétrait depuis un bon moment, quand il avait fait mine de se retirer. Mais il était resté là, du moins partiellement, ne laissant que l'extrémité de son membre frotter contre les parois de son sexe. Et, là, elle avait chaviré. Presque trop doucement, Pierre l'agaçait, la torturait, appliquant juste ce qu'il fallait de pression sur sa chair tendre. L'orgasme était venu sans prévenir et l'avait secouée durant de longs et merveilleux instants.

La seconde fois, elle était déjà beaucoup plus sobre. Plus question de se rabattre sur les effets de l'alcool! C'était véritablement le membre de Pierre qui provoquait ce délire. Il la caressait cette fois, tout en la pénétrant, et Justine se laissa aller à cette immense vague de jouissance qui la transporta, inondant ses cuisses, aspergeant tout sur son passage.

Et la troisième fois, elle sut enfin de quoi aurait l'air la queue d'Adam. Elle y repensa toute la nuit, Pierre dormant à ses côtés.

Justine était maintenant assise devant Adam, les sourcils froncés, le regard alternant entre le lit où reposait son sujet et la toile où Adam attendait patiemment sa virilité bien méritée. Elle haletait, totalement absorbée dans son œuvre. Il fallait que chaque détail soit parfait. On croirait qu'un seul organe, ne représentant finalement qu'une petite partie du corps humain, serait facile à exécuter, mais il existe tant de subtilités, dans celui-là en particulier! La couleur, par exemple. Loin d'être uniforme, elle prend diverses nuances et intensités. Et le membre comporte de nombreux détails fort importants.

Elle avait peine à le croire. De tous les hommes peuplant

la planète, il avait fallu que ce soit Pierre qui lui procure tant de plaisir. De toutes ces années où elle avait été frustrée, déçue de ses amants, Pierre, cet ami de toujours, attendait patiemment son tour sans rechigner, sans insister. Et c'était finalement lui qui avait réussi le tour de force. Eh bien! Elle allait tenir sa parole et reproduire la queue de Pierre le plus fidèlement possible sur le corps d'Adam. Une promesse est une promesse et ce qu'il lui avait fait vivre valait largement qu'elle lui rende hommage.

Justine travailla près de deux heures avec acharnement et, à la fin, elle était satisfaite. Elle recula de quelques pas, afin d'admirer le résultat final. L'artiste en elle n'était pas tout à fait convaincue de la perfection de l'ensemble, mais la partie d'elle intimement liée à chaque parcelle de l'homme peint était enchantée. Car Adam avait enfin sa queue.

Une queue toute petite, mince et légèrement courbée vers la droite... mais quelle queue!

L'ŒIL DE LA CAMERA

Dominic n'y pouvait rien. C'était le sang des collines de sa Sicile natale, coulant dans ses veines, qui le rendait incapable de résister. À un sourire éclatant, une mèche rebelle, un battement de cils, une démarche langoureuse, des hanches épanouies se balançant à un rythme subtil, un cou gracieux orné d'un fin bijou... Ah! les charmes féminins étaient trop nombreux et puissants pour qu'il puisse, lui, pauvre mortel, tenter d'y résister. Il n'en avait, d'ailleurs, pas la moindre envie. Son impitoyable et irrésistible amour des femmes lui avait fait perdre sa propre femme? Qu'à cela ne tienne! Il avait maintenant le champ libre et la conscience tranquille. Il ne passait jamais plus d'une nuit avec la même femme, n'ayant pas la chance de vivre autre chose qu'une nuit d'amour anonyme sans lendemain? Eh bien! tant mieux! Ça lui permettait d'en satisfaire davantage, de faire profiter toutes celles qui avaient besoin de son savoir-faire inestimable. Il n'oubliait jamais que la vie est trop courte et que notre corps peut nous trahir à tout instant. Son vieux père lui répétait sans cesse qu'il fallait s'en servir, de son corps, avant qu'il ne soit trop tard. Et il en savait quelque chose, son vieux père!

Il se souvenait de ces après-midi ensoleillés où, adolescent et entrevoyant à peine une parcelle de ce que la vie avait de merveilleux à lui offrir, il allait au village, accompagné de son père pour casser la croûte et déguster un bon vin après les durs labeurs de la journée. Les deux hommes, l'un encore imberbe et l'autre déjà grisonnant, s'asseyaient à l'ombre et admiraient les femmes exquises qui les entouraient. La chaleur sèche et accablante les faisait baigner dans une espèce d'aura lumineuse, jetant sur la scène une touche d'irréalité; c'est là que son père détaillait pour chacune d'elles ce qu'il appelait solennellement «la beauté indiscutable»: un profil flatteur, la perfection des traits, un front fier, les pommettes saillantes... toute femme était pour lui la réincarnation de la beauté pure, qu'elle ait seize ou soixante-seize ans.

— Tu vois mon garçon, la femme, par définition, est belle. Dieu l'a créée pour qu'elle représente dans son ensemble, tout ce qu'il y a de plus beau au monde. Regarde Angela, là-bas, grosse de plusieurs mois. Remarque comme ses yeux sont lumineux, ses seins débordant de lait pour l'enfant à naître. Et Carla? Même à son âge, ses jambes sont longues et fermes, prêtes à s'enrouler autour de la taille de son homme. Et la petite, là-bas, si jeune et déjà trois prétendants! Ce n'est pas étonnant, avec de tels yeux! Les femmes, Dominic, tu dois les vénérer; si tu fais du mal à une femme, c'est comme si tu le faisais à Dieu lui-même.

Dominic avait bien appris la leçon qui était devenue une seconde nature. Il admirait les femmes, les respectait et les vénérait, autant qu'il lui était possible de le faire. Toutefois, il se rendit vite compte que malgré les bienfaits qu'il leur apportait, il les faisait aussi souffrir, bien malgré lui, parce qu'elles ne le comprenaient pas tout à fait. Il s'évertuait à les aimer et les rendre heureuses, mais il y en avait tellement, la tâche était énorme... Il sentait confusément que son père n'aurait pas toujours approuvé ses multiples conquêtes et les

cœurs immanquablement brisés; peut-être avait-il mal inter-
prété certains petits détails? Dans ce cas, ils s'en reparleraient
au paradis.

Entre-temps, tant de femmes avaient besoin de lui! Il
avait peine à croire qu'un si grand nombre d'entre elles soient
si mal aimées. Il trouvait inconcevable que certains hommes
puissent être aussi maladroits. Il est vrai qu'aimer une femme
est un art et que certains artistes sont plus talentueux que
d'autres.

On dit que les Italiens sont beaux, et il l'était, le Dominic,
avec son teint basané, ses boucles noires, ses yeux langoureux et son sourire éclatant. Il forçait parfois trop la note sur
certains bijoux ou accessoires, mais c'était là un défaut
bénin, une vanité bien inoffensive. On dit aussi que les
Italiens sont les meilleurs amants du monde et Dominic avait
la ferme intention de prouver la véracité du dicton. Mais pour
cela, il fallait de la pratique, de la perspicacité et connaître,
le mieux possible, les désirs secrets des femmes. Ça, son
épouse ne l'avait jamais compris. Elle profitait pourtant de
la perfection de son art! Qu'importe où il acquerrait une telle
perfection, l'important, c'était le résultat! Toutefois, elle ne
voyait pas les choses du même œil et menaçait souvent de le
quitter. Dominic avait cependant tenté l'impossible pour la
combler, se pliant à ses moindres caprices. Il avait même un
jour prétendu être un voleur qui s'était infiltré dans la maison,
la faisant gémir de douleur et de plaisir. Elle faisait toutefois
la sourde oreille à ses fantasmes à lui, se contentant de le
sucer maladroitement et presque avec dégoût. Mais, ce
n'était pas le pire. Le pire de tout, ce qui enrageait Dominic
et lui donnait une merveilleuse raison de plus de lui être infidèle, c'étaient ses innombrables critiques. Elle n'arrêtait
pas de lui casser les oreilles.

— Dominic, tu n'arriveras à rien. Photographe professionnel! Elle est bien bonne! Tu n'es qu'un raté. Tu ne feras

jamais rien d'autre que des pubs de détergents à lessive ou de médicaments contre les verrues!

Bon. Il est vrai que sa carrière ne s'était pas toujours déroulée comme il l'aurait voulu. Mais ces petits contrats de publicité qu'elle jugeait ridicules payaient pourtant à Madame tous les petits luxes qu'elle souhaitait. Non, ce n'était pas exactement ce à quoi il aspirait, mais il y arriverait un jour, en dépit de ce que sa chère épouse s'évertuait à répéter. Et puis, il n'y avait strictement rien de mal à faire une pub de médicaments contre les verrues, surtout lorsque le mannequin y figurant était si jolie!

Elle avait été sa première conquête d'homme marié. Elle ne devait pas avoir plus de dix-neuf ou vingt ans. Elle était délurée, la petite! Dès son arrivée au studio, elle l'avait dévisagé sans aucune pudeur et lui avait fait comprendre qu'il était son genre. Elle voyait sans doute en lui un homme d'expérience, plus âgé, mais tellement plus intéressant que les jeunots de son âge! Elle n'avait pas eu à travailler très fort pour gagner son homme. Elle lui glissa son numéro de téléphone à la fin de la session et se retrouva à ses côtés dans un immense lit d'eau, le soir même. Dominic avait bien agonisé devant ses choix: ignorer le bout de papier qui lui brûlait le pantalon et retourner sagement à son épouse ingrate ou s'offrir cette petite fantaisie, la première, sans doute la dernière, et dont personne ne saurait jamais rien. L'agonie fut brève. Il se précipita sur le téléphone pour réserver une chambre à l'un des nombreux motels longeant l'artère principale de la ville. Pas un palace, loin de là, mais pas un repaire de coquerelles non plus. De son côté, ce qui importait à la belle étaient ses attraits et le fait que son statut d'homme marié lui garantissait beaucoup de discrétion et peu de conséquences. Et puis, sait-on jamais, sa qualité de photographe pourrait peut-être lui être utile dans l'avenir.

Aujourd'hui encore, Dominic conservait un souvenir

émouvant de cette chambre, témoin de sa première aventure extraconjugale. Les murs beiges avaient dû être blancs, jadis. Le tapis, rouge et élimé, était orné de vagues motifs noirs auxquels se mariaient admirablement les brûlures de cigarettes. Le mobilier, du même blanc effacé que les murs, n'avait aucune importance; en revanche, le lit d'eau était merveilleux et les miroirs du plafond étaient assez propres pour que les amants puissent s'y admirer à leur aise. Dominic l'attendit environ une heure, durant laquelle il ressentit quelques remords. Mais, en s'imaginant la suite, ses objections fondaient comme glace au soleil. Et quand il pensait à sa jeunesse et sa beauté... Il adorait ces toutes jeunes femmes. Il rêvait du jour où il serait enfin le photographe attitré d'une foule de «top modèles» et parcourrait le monde au bras de ces jeunes déesses. Celle qu'il attendait était assez loin du compte, mais était tout de même jolie. Elle avait cette allure longiligne à la mode, de petits seins ronds, libres et insolents sous sa blouse légère, et une démarche coquine. Elle prit les choses en main dès son arrivée. Elle se déshabilla sans prononcer une seule parole, retira les vêtements de Dominic et, sans préambule et toujours silencieuse, prit sa queue déjà dure entre ses lèvres humides. Elle n'en était pas à sa première tétée, elle! Rien à voir avec la pipe pathétique que sa femme avait déjà tenté de lui offrir! Il la laissa faire un bon moment et, constatant son appétit, enfouit son engin encore plus profondément dans la gorge accueillante. Elle se fit réceptive et sembla même apprécier, puisqu'elle commença à se caresser dès cet instant. Il l'empoigna solidement par les cheveux et lui laboura davantage le fond de la gorge. Elle s'empara de sa bourse trop pleine et Dominic pensa jouir. Beaucoup trop tôt! Il se retira et la fille s'étendit sur le ventre, les fesses bien relevées, lui offrant une vue alléchante. Dominic se précipita à l'assaut, constatant qu'elle était moite et prête à le recevoir. Il glissa fiévreusement en elle, s'agrippant à ses hanches menues, puis la retourna, lui intimant l'ordre de le chevaucher afin qu'il puisse suivre l'action au plafond. Il profita des vagues du lit d'eau pour la pénétrer de toute la longueur de sa queue sans trop d'effort.

Il la fit soupirer tant qu'il put, lui faisant l'amour trois fois d'affilée jusqu'à ce que sa queue crie grâce, laissant la jeune femme repue et endolorie, avant de s'endormir tout près d'elle. Au petit matin, en gentilhomme qu'il était, il la raccompagna chez elle dans sa rutilante Camaro rouge, musique tonitruante et capot rabaissé, en lui promettant de l'appeler bientôt. Elle savait qu'il n'en ferait rien, et c'était parfait ainsi.

Vint ensuite la pub de détergent à lessive. La comédienne était beaucoup moins jeune, mais possédait cette assurance et cet abandon typiques des femmes à la trentaine épanouie. Elle était mariée aussi, et lui avoua avoir toujours rêvé d'un bel étalon, ne serait-ce qu'une fois. Dominic se sentit obligé de réaliser ses rêves. Plusieurs mois s'étaient écoulés depuis la nuit au motel et il n'en avait conservé aucune séquelle. Il se dit qu'il serait sûrement capable d'assumer une seconde aventure aussi brillamment. Il offrit à la comédienne une nuit incomparable qu'elle accepta avec joie. Ils dînèrent (aux frais de la dame!) dans une suite du plus grand hôtel de la ville. Durant le repas, Dominic la complimentait sur sa beauté, sa grâce, tout en l'aguichant de fréquentes caresses sous la table nappée. Le repas se poursuivit jusqu'à l'immense bain tourbillon dans lequel ils burent du champagne et sucèrent des fraises, ainsi que diverses autres choses. Dominic lui fit l'amour doucement, brutalement, romantiquement, violemment. Il y mit tout son savoir-faire, la tenant en haleine plus de deux heures d'affilée et encore trois fois de suite... le trois étant définitivement son chiffre chanceux. Il la lécha, la suça, l'embrassa, la pénétra, la lécha de nouveau. Elle jouit à répétition, ce qui, affirma-t-elle, lui arrivait pour la première fois. Le lendemain de cette nuit sublime qu'ils savaient tous deux sans suite possible, ils partirent chacun de leur côté, partageant un merveilleux souvenir.

Puis, il y en avait eu d'autres. Elles arrivaient comme ça, sans prévenir, sans qu'il pût l'empêcher. Il lui était impossible d'abandonner ces pauvres femmes à leur solitude et, dans un élan de générosité ou pour éviter de blesser leur amour-propre, il cédait à leurs demandes. C'est ainsi qu'il succomba à la réceptionniste du petit journal pour lequel il faisait, à l'occasion, des reportages; ensuite, il y avait eu la beauté orientale qui l'avait un jour aidé quand sa voiture était tombée en panne; plus tard, une collègue photographe s'était amourachée de lui, ce qui était dommage car elle aurait pu s'offrir bien des hommes plus libres que lui; la fille du labo où il faisait développer certaines de ses photos, quand il était trop coincé par le temps pour le faire lui-même; la serveuse du bar où il avait ses habitudes, ainsi que deux ou trois clientes, il en perdait le compte... enfin, la voisine. C'est là que sa tendre épouse en avait eu assez.

— Tu me trompes avec toutes les filles qui passent, je peux déjà difficilement accepter ça. Mais là, c'est trop près de mon foyer, de mon territoire!

Ah! leur foyer, leur territoire. Elle était blanche de colère, toutes griffes dehors, prête à sauter à la gorge de l'ennemie, la traître qui envahissait son territoire. Étrange. Mais, laissons au passé ce qui appartient au passé. Ils avaient convenu de se quitter le plus calmement possible et avaient, tout compte fait, assez bien réussi.

Dominic était maintenant prêt pour la grande envolée. Il en avait assez des salaires de crève-faim et de travailler avec et pour des amateurs. Il était temps qu'il fasse sa place ailleurs; il en avait le talent et, maintenant, la disponibilité. Plus rien ne le retenait dans cette ville qu'il quitterait sans le moindre regret, si l'occasion se présentait. Il entreprit de mettre de l'ordre dans ses portfolios, en retirant les photographies les plus explicites et n'en conservant que les mieux réussies, et frappa à quelques portes.

* * *

Un mois plus tard, Dominic s'était buté à de nombreux refus. Il se trouvait dans un cercle vicieux tout à fait ridicule: les grosses agences ne lui laissaient pas sa chance parce qu'il n'avait jamais travaillé pour l'une d'elles. Il lui aurait fallu des références, si petites furent-elles...

À court d'idées et près du découragement, il fouilla dans la pile de cartes d'affaires qu'il avait amassées et conservées depuis ses débuts. Il en avait plusieurs centaines, pour la plupart des représentants de boîtes de publicité insignifiantes qui n'avaient pas fait long feu. Rien à attendre de ce côté-là! Mais en les rangeant sans les avoir bien regardées, l'une d'elles se détacha du lot et vola légèrement, comme un message subliminal, avant d'atterrir à ses pieds. Il se souvint alors de ce collègue, rencontré brièvement lors d'une annonce de vêtements. Il l'avait oublié, celui-là! Jean-Jacques avait déjà travaillé, quelques années auparavant, pour plusieurs agences de mannequins internationales et fait maintes pubs de mode et de produits haut de gamme. Dominic décida de lui passer un coup de fil sur-le-champ, pour tâter le terrain. Il le rejoignit facilement — un autre bon présage — et ils convinrent de se rencontrer dans un bar du centre-ville que Jean-Jacques fréquentait. Les breuvages y étaient ridiculement chers, mais il s'agissait d'un endroit où il était bon être vu et Dominic considérait cette démarche comme un investissement.

Au premier coup d'œil sur son collègue, il sut qu'il avait contacté la bonne personne. Tout en lui respirait le succès. Vêtu de cuir des pieds à la tête, il avait cette allure savamment négligée qui fait tourner les têtes. Il devait approcher la cinquantaine, déjà, et la portait de façon remarquable.

Après quelques verres, Dominic apprit qu'il était même très bien placé chez plusieurs agences, magazines et autres sources de revenus fort intéressantes. Jouant le tout pour le tout, il opta pour la carte de la sincérité. Lui montrant son portfolio, il lui fit part de ses difficultés à pénétrer le monde auquel il aspirait; il savait qu'il devait franchir ce cap qui vous fait passer de minable à respectable et qui fait toute la différence. L'étape qui lui garantirait, en plus du respect de ses pairs, un niveau de vie plus confortable.

Il s'attendait à ce que l'autre garde jalousement son succès pour lui, mais il convint spontanément du talent de Dominic, surtout les photographies de nus, et promit de lui fournir des références dans les semaines suivantes, selon les contrats disponibles.

S'enhardissant, Dominic lui posa des tas de questions sur sa vie professionnelle et sut que Jean-Jacques avait photographié des défilés d'envergure à plusieurs reprises et que ses rêves étaient conformes à la réalité d'un photographe en vue: mannequins irrésistibles, orgies presque quotidiennes, corps féeriques pratiquement nus à sa disposition, etc. C'était d'ailleurs ce qui avait convaincu Jean-Jacques de retourner brièvement dans cette vie épuisante, mais combien satisfaisante, avant de se retirer définitivement, au sommet de sa gloire. Le grand Jean-Jacques avait déjà envisagé avoir un «protégé» et serait disposé à donner sa chance à Dominic, s'il s'en montrait digne. Les deux compères continuèrent à commander tournée après tournée.

Le lendemain, malgré une gueule de bois retentissante, Dominic se rendit au studio pour ce qu'il espérait être sa dernière session à titre d'illustre inconnu. Il se voyait déjà parcourir la planète, croquant tous les grands défilés, vendant ses photos à prix d'or aux magazines de mode les plus prestigieux. Les plus belles femmes du monde l'accompagneraient dans ses déplacements: tantôt la belle Cindy sur laquelle il fantasmait depuis sa première apparition dans un magazine de mode, puis, au fil des jours, les Claudia, Linda, et Kate. Elles succomberaient bientôt à son charme et à son talent, exigeant que ce soit lui, et seulement lui, qui ait le privilège de les prendre en photo... et de les prendre, point. Tant qu'à rêver!

Mais en attendant, il avait une pub à faire. Et pas une pub des plus réjouissantes: de la nourriture pour chiens! Comme il détestait les chiens et y était allergique, il n'avait accepté ce contrat que parce qu'il était vraiment à court d'argent. Quelle horreur! Il se consola en se convainquant que sa vie allait changer radicalement dans de très brefs délais. Il y survécut tant bien que mal et rentra chez lui couvert de poils, les yeux rougis, le nez coulant, la gorge en feu... mais il avait tout de même le numéro de téléphone de la coordonnatrice du projet, une mignonne rousse aux longues jambes et aux yeux pétillants. Il passa une nuit agréable en sa compagnie, acceptant même qu'elle le suce à plusieurs reprises: elle adorait faire jouir les hommes de cette façon et suçait comme une déesse. Qui était-il pour la priver de ce petit plaisir? C'était une vraie tigresse; au petit matin, il avait la queue joyeusement endolorie, les épaules, le dos et les fesses égratignés par ses longs ongles écarlates. Il se demanda si Cindy serait aussi vorace. On ne lui connaissait alors aucune relation sérieuse; le moment était parfait. Il ne faudrait, cependant, pas trop la faire attendre.

* * *

Jean-Jacques lui téléphona deux jours plus tard. Un manufacturier de parfums lui avait proposé un contrat et il souhaitait l'offrir à Dominic pour voir quel genre de travail il ferait. Avant de le choisir comme protégé, il devait s'assurer de son professionnalisme. Dominic accepta avec enthousiasme et promit avec effusion qu'il serait à la hauteur de ses plus sévères attentes. Il se présenta au rendez-vous une bonne demi-heure d'avance et goûta l'atmosphère qui y régnait. Des professionnels! Il se retrouvait enfin parmi de vrais professionnels, chacun exécutant une tâche précise sans perdre de temps. La jeune femme qu'il devait photographier pour la pub était ravissante. Ses longs cheveux cascadaient le long de son corps jusqu'aux fesses, enveloppant ses courbes délicieuses d'un soyeux rideau d'ébène. De petits frissons d'anticipation firent sourire Dominic. Elle n'était pas encore très connue comme mannequin, mais il la sentait vouée à un avenir glorieux. Il se dit même que, dans quelques années, il pourrait lui rappeler cette première session ensemble; ils savoureraient tous deux leur vertigineuse ascension au firmament de la mode. Comme ce serait agréable! Pour l'instant, il était bien tenté de l'approcher avec l'un de ses irrésistibles compliments, mais les enjeux étaient trop importants. Il devait à Jean-Jacques d'acquérir de la crédibilité et faire preuve d'un professionnalisme hors pair. Il se contenta donc d'effectuer son travail avec un zèle et un talent qui le surprirent un peu. La fille était vraiment superbe, et d'après ce que Dominic voyait à travers sa lentille, elle prenait une dimension presque irréelle. Il savait d'avance que ces clichés seraient parmi ses mieux réussis.

Il repartit, sourire aux lèvres, impatient comme un écolier de voir le résultat de son travail.

* * *

Les photos étaient éblouissantes et Jean-Jacques fut impressionné. Le manufacturier était fort content et promit de le contacter pour ses futures publicités. Dominic jubilait! Il savait que ce premier vrai contrat le propulserait vers des sommets insoupçonnés et trouvait l'attente d'un nouveau contrat excessivement pénible.

L'appel arriva finalement trois semaines plus tard. Jean-Jacques lui demanda s'il avait envie de couvrir un défilé pour le magazine *Sélect* qui avait lieu à New York, le week-end suivant. *Sélect* était sûrement le magazine le plus chic du pays. Dominic avait du mal à croire sa chance et sauta donc sur l'occasion sans hésiter. Jean-Jacques lui expliqua qu'il s'agissait d'un défilé-bénéfice que plusieurs grands couturiers avaient organisé pour une cause charitable quelconque. Dominic n'avait que faire des détails. Tout ce qu'il voulait savoir, c'était l'endroit et le moment du défilé. Pour que les grands couturiers participent, il était évident que les «top modèles» internationales y seraient aussi. Il devint surexcité et tenta d'apprendre qui serait là, mais Jean-Jacques l'ignorait. Il se contenta de lui donner le nom du grand hôtel new-yorkais et de lui dire de se présenter au moins une heure à l'avance. Jean-Jacques lui ferait parvenir son billet d'avion et son laissez-passer dans les prochains jours.

Il pouvait déjà tout imaginer: une foule de gens riches à craquer, portant pour l'occasion des vêtements griffés des plus illustres couturiers du monde. Il pouvait sentir les parfums les plus chers, voir l'éclat des bijoux hors de prix, entendre les délicates flûtes de cristal tinter l'une contre l'autre, faisant sursauter les bulles du meilleur champagne de l'univers. Comme il s'agissait d'un défilé-bénéfice, plusieurs vedettes de cinéma et de la télévision y feraient sûrement une apparition remarquée. Il se promit d'arriver très tôt pour ne rien manquer du spectacle et savourer pleinement cette journée qui marquerait, sans doute, le début de sa nouvelle vie.

Quant aux mannequins présents, Dominic se laissait porter par les espoirs les plus fous. Et si elles étaient toutes là, ses chéries? Aucune d'elles ne voudrait manquer un tel événement. Il se mit à rêver au déroulement de la journée. Il chassa de son cerveau toute pensée inutile et se concentra sur la scène qu'il allait sûrement vivre très bientôt. Son esprit passa outre les formalités d'introduction et l'emmena directement en coulisses, où régnait une bruyante et joyeuse frénésie. Les habilleuses couraient après les maquilleuses qui, elles, tentaient tant bien que mal d'embellir davantage les déesses qui se faisaient coiffer. Parmi les nuages de fixatifs et de poudres diverses, Dominic ne pouvait s'empêcher de s'attarder sur un sein ici, une fesse là, et pas n'importe lesquels! Cindy ne portait qu'une minuscule culotte et de vertigineux escarpins; Claudia, elle, qu'un soutien-gorge diaphane et un porte-jarretelles; Kate, pour sa part, était complètement nue et s'affairait à attacher un bijou discret à son nombril. Linda n'avait qu'un magnifique collier avec boucles d'oreilles assorties et Leila de longs cuissards et une casquette de cuir.

Dominic était bouche bée et bandait de bonheur. Il observait la scène en retenant son souffle, tentant d'ancrer cette vision à tout jamais dans sa mémoire. Combien d'hommes seraient prêts à commettre les pires crimes pour se trouver à sa place? Des milliers, il en était certain. Et on le payait pour ça, en plus! Tout à sa béatitude, il ne savait plus laquelle de ces beautés irréelles il tenterait de séduire en premier. Plus d'une regardait dans sa direction en affichant un sourire espiègle. Était-ce parce qu'elles le trouvaient mignon ou parce que sa douloureuse érection devenait un peu trop évidente?

Il ne se posait pas de questions et se contentait de rendre des sourires qui se voulaient charmeurs et irrésistibles. Cindy donnait un petit coup de coude à Claudia en regardant dans sa direction. Les deux comparses ricanaient, puis allaient retrouver Kate, Linda et Leila. Les cinq beautés le fixaient maintenant avec beaucoup d'insolence et de malice. Dominic se rappelait qu'il devait, une fois de plus, prouver à Jean-Jacques qu'il était à la hauteur de la confiance qu'il lui portait. Il faisait un effort énorme pour détourner le regard mais, au dernier moment, il pouvait voir Claudia lécher l'un de ses adorables doigts d'un geste on ne peut plus langoureux, en le considérant intensément. Avalant péniblement, il la voyait se caresser doucement le sein de son doigt humide. Ses mamelons se dressaient subitement davantage et elle en profitait pour palper doucement le second, la salive de son doigt les faisant miroiter. Les quatre autres beautés se tenaient par la taille et se serraient l'une contre l'autre, comme pour se réchauffer, en l'observant. Dominic trouvait pourtant qu'il faisait soudainement très chaud! Il n'osait croire que cette déesse s'offrait ainsi en spectacle devant lui. L'aguicheuse! Elle ne perdait rien pour attendre. Mais, autant qu'il voulait les rejoindre, son corps était paralysé. Il ne pouvait que rester là, son érection de plus en plus douloureuse, alors que Cindy glissait sa longue main sur le ventre de Claudia, qui frémissait doucement. Kate, de son côté, massait délicatement les épaules et le cou de Linda qui, d'un toucher léger telle une brise d'été, caressait les cuisses écartées de Cindy, après s'être agenouillée derrière elle. Elles ne riaient plus. Leurs visages angéliques avaient pris des airs rêveurs, tendres et éperdus.

Dominic se demandait quelle serait la façon la plus efficace de les combler toutes, chacune autant que l'autre. Lui y trouverait sans doute son compte mais, en amoureux des femmes qu'il était, il ne pouvait s'imaginer en satisfaire une plus que l'autre. Ses interrogations étaient subitement interrompues. D'un même geste, les cinq sirènes lui faisaient signe de s'approcher. Il s'apercevait, à cet instant, qu'il ne servait à rien de planifier ses actions: c'étaient elles qui prendraient les choses en main. Il savait qu'il avait à sa disposition suffisamment d'énergie pour tout le monde et c'était l'essentiel. En homme bien élevé, il obéissait sur-le-champ et s'approchait du quintette divin après une dernière et très, très brève pensée pour Jean-Jacques et ce qu'il attendait de lui. Il aurait été prêt à sacrifier sa carrière, s'il le fallait, pour voir la suite des événements. Elles l'accueillaient à bras ouverts, l'engouffrant dans leur cercle.

Dominic savait alors que le paradis existait vraiment, qu'il ne s'agissait pas que d'une machination imaginée par une religion en quête d'adeptes. Pendant que dix bras splendides s'activaient à retirer ses vêtements et que cinq souffles chauds embrasaient son corps, sa queue frémissait et tremblait de bonheur. Il ne pouvait attendre, avant de s'engouffrer dans l'une des chaudes cavernes à sa disposition, peu importait laquelle! Au lieu de quoi une bouche tiède, moite et accueillante, l'avait déjà enseveli et le manipulait avec un savoir-faire désarmant. Ses mains ne rencontraient que peaux de velours et cheveux de soie; il aurait voulu en avoir dix afin que chacune puisse caresser tous les seins, les fesses, les ventres et les sexes qui s'offraient à lui! Il tâtait, léchait, suçait à qui mieux mieux, tout en essayant de retenir une éjaculation menaçante. La bouche qui l'avait emprisonné se retirait et il se retrouvait étendu au sol, une paire de jambes écartées au-dessus du visage, deux adorables seins massant ses testicules engorgés; on lui tenait une main, la frottant contre un sexe bien humide et combien tentant et trois mains — oui, trois!— cajolaient sa queue doucement, avec une lenteur affolante. Les autres mains caressaient d'autres sexes; des bouches féminines embrassaient et léchaient des seins magnifiques; des fesses admirables se collaient les unes contre les autres. Le sexe qui lui chatouillait la bouche se retirait et la déesse s'installait debout, les pieds de chaque côté de la tête d'un Dominic éperdu, de façon à lui offrir une vue imprenable sur ses lèvres écartées. Puis, une autre se plaçait en face d'elle, assez près pour que leurs seins se touchent, et la caressait lentement, permettant à la victime de voir tous les détails des doigts s'insérant dans les replis de chair odorante, puis glisser à l'intérieur, laissant une goutte onctueuse de jouissance lui atterrir sur la langue.

Dominic sentait une main — ou plusieurs?— s'insinuer le long de sa cuisse et s'emparer de nouveau de son membre gourmand, juste au moment où une troisième fée se glissait derrière les deux autres qui le surplombaient. La troisième caressait les seins de la seconde, puis lui flattait le ventre avant d'enfouir ses deux mains entre les cuisses écartées. Celle qui se faisait ainsi envahir s'accroupissait pour pouvoir goûter au sexe de la première qui ruisselait abondamment. La main sur la queue de Dominic devenait une bouche qui le pompait sauvagement, se retirant au moment où il sentait son érection atteindre des proportions énormes. Un sexe de femme prenait place au-dessus de lui et se laissait glisser le long de sa verge haletante; c'était doux, chaud et glissant. La propriétaire du sexe enchanteur balançait les hanches et lui imposait un rythme d'abord langoureux, qui accélérait lentement. La cinquième, elle, se tenait à l'écart. Elle était assise sur l'une des tables de maquillage, les jambes bien écartées, une bouteille de parfum de la taille et de la forme d'une queue formidable entre les mains qu'elle glissait en elle de plus en plus rapidement.

De tout ce qui se passait autour de lui, Dominic était davantage excité par cette vision et par la bouteille qui, bien lubrifiée, disparaissait profondément en elle avant de réapparaître, luisante. Puis, tout déboulait. Il haussait les hanches de manière à empaler la femme qui s'activait sur sa queue; chacune de ses mains s'emparait de l'un des sexes au-dessus de sa tête; la troisième se caressait elle-même et la bouteille de parfum entamait un rythme frénétique en s'enlisant de plus en plus profondément. Il jouissait en même temps que les deux sexes qui roulaient sous ses doigts; sa cavalière et celle qui se masturbait étaient secouées toutes deux de spasmes effrénés et la bouteille de parfum s'immobilisait tout au fond du sexe qu'elle envahissait, maintenant tremblant.

Pantelant devant une telle vision paradisiaque, Dominic, à mi-chemin entre fantasme et réalité, ferma les yeux un moment. Puis, il s'endormit pour ne s'éveiller qu'une heure plus tard, dans son salon, affalé dans son fauteuil favori, le pantalon défait et poisseux.

* * *

Dominic survécut tant bien que mal à l'attente. Les jours passèrent avec une lenteur insoutenable, ponctués d'érections spontanées au seul souvenir de son fantasme qui, selon ses rêves les plus fous, se réaliserait sans doute. Après une semaine, les érections devinrent presque constantes. Bien sûr, il tentait de ne pas se faire trop d'illusions. Ce qu'il espérait plus que tout au monde n'avait que d'infimes chances de se produire. Toutefois, il refusait de croire qu'il ne lui serait pas permis de vivre même la plus minuscule parcelle de ce rêve. Et cela en vaudrait la chandelle. Fébrile, il avait fait et défait sa valise plusieurs fois, tentant de ne rien oublier sans tout apporter.

Au matin du grand jour, il était dans un tel état d'énervement et d'épuisement qu'il manqua presque son avion. Arrivé à New York, il se précipita sur le premier taxi jaune de la file. Le chauffeur conduisant de manière presque civilisée, Dominic sut qu'il était doté d'une chance extraordinaire qui allait le poursuivre la journée entière. Il profita du trajet pour tenter de se calmer et se composer une attitude professionnelle, celle d'un homme calme et fort habitué à ce genre d'événement. Surtout pour les mannequins. Les femmes sont si perspicaces! Il devait absolument les convaincre qu'il était sûr de lui, prêt à toutes les possibilités et ne pas se montrer trop excité... si seulement sa queue pouvait se tenir tranquille!

Il avait revêtu un pantalon ample qui dissimulerait bien

une érection mal venue, tout en le laissant libre de ses mouvements. Une ancienne conquête lui avait de plus affirmé qu'il avait, dans ce pantalon, des fesses croquables.

Il arriva avec une bonne heure d'avance, comme prévu. Il s'annonça à une jeune femme qui, cartable à la main, vérifia son identité avant de le diriger vers le lieu sacré qui le transformerait sans doute en la nouvelle coqueluche des mannequins et, peut-être, en amant rassasié. La jeune femme qui le guidait n'était pas attirante. Froide, trop grande et trop maigre, elle était tellement pincée que Dominic prit bonne note de tout ce qu'elle lui expliquait pour ne pas avoir à la consulter de nouveau. Tant pis! Les beautés qui s'offriraient à lui, quelques minutes plus tard, compenseraient largement. Cette seule pensée provoqua un nouveau frétillement de la queue déjà malmenée de Dominic. Sa guide lui montra la galerie des photographes dans la salle somptueuse et lui indiqua le chemin des coulisses. Dominic était dans un état second. Il se voyait déjà attirer chaque mannequin qui paraderait dans un coin, relever les vêtements qu'elle viendrait d'exhiber de façon si professionnelle et la pénétrer sauvagement. Il défoncerait chacune d'elles si fort et si bien qu'elles en perdraient tout contrôle et hurleraient de plaisir, le suppliant de ne jamais s'arrêter. Il y avait tant de possibilités! La jeune femme l'informa qu'il y aurait douze mannequins, recrutés parmi les meilleures agences du monde, puis le laissa s'installer. Dominic prit tout son temps, sortant ses appareils et accessoires de leur étui et prenant une profonde inspiration entre chaque mouvement, afin de faire diminuer son érection déjà énorme.

Il était prêt. Il se plaça derrière son appareil et tenta de s'imprégner des lieux encore calmes. Les habilleuses apportaient les porte-vêtements recouverts de housses opaques et les maquilleuses installaient leur fourbi. Le café filtrait doucement dans plusieurs cafetières et un traiteur installait d'énormes paniers de fruits et diverses victuailles sur une grande table. Elles arriveraient sûrement très bientôt.

S'examinant dans la glace, Dominic mit la touche finale à son apparence: il déboutonna sa chemise, afin de révéler son épaisse toison sur laquelle reposait une lourde chaîne en or; il aspergea son visage de lotion après-rasage et s'assura qu'il avait bien apporté sa boîte de condoms, sait-on jamais... Il lissa sa moustache, ébouriffa quelques boucles de son épaisse chevelure et s'installa nonchalamment dans un fauteuil, bien calé et lisant un magazine afin d'avoir l'air vaguement ennuyé par l'attente.

Le bruit de nombreux pas se fit entendre, comme si douze mannequins surgissaient en même temps. Parfait! Il aurait la surprise en une seule fois et pourrait toutes les embrasser d'un seul regard. Il réajusta sa pose en les entendant arriver à l'entrée de la salle, affichant son air le plus séduisant, tout en regardant la porte s'ouvrir sur son destin... une bande de gamins bruyants, le plus âgé ayant à peine neuf ans, effroyablement excités à l'idée de faire leur premier «vrai» défilé.

MÉNAGE À TROIS

Qu'elle est bonne, cette bouffée de cigarette! Yves vient de me la tendre, connaissant bien mes habitudes. La fumée âcre me brûle délicieusement la gorge et le remords me chatouille les narines sous forme de volutes s'envolant paresseusement de ce clou de cercueil que je ne peux me résoudre à abandonner, une fois pour toutes.

La sueur qui me recouvre le corps s'assèche lentement, tandis que le rythme de mes battements cardiaques redevient à peu près normal. Quelle performance! Yves me surprend toujours; chaque occasion où nous faisons l'amour s'avère meilleure que la précédente et celle-ci était époustouflante. L'état du lit en témoigne d'ailleurs de manière assez évidente! Un coin du matelas est appuyé au sol, les trois autres reposant toujours précairement sur la base. Les draps, auparavant soigneusement tendus, ne sont plus qu'un tas, emmêlé dans nos jambes. Même le couvre-matelas gît dans un coin. Nous ne nous sommes pourtant pas battus, loin de là!

J'ignore ce qui rend nos ébats si exceptionnels. Nous baignons, chaque fois, dans une atmosphère profondément érotique, nous livrant totalement à notre plaisir respectif et mutuel. Nous devenons presque des animaux, mais des animaux qui s'aiment bien et veulent plaire à leur partenaire. Étrange. Yves est un homme de nature réservée; toutefois, au lit, il me dévoile sans cesse de nouvelles personnalités. Il s'ouvre à moi sans gêne et retenue, m'expliquant en détail son fantasme du moment. Et je joue volontiers le jeu. Nous avons fait tant de jeux ensemble que je me demande parfois qui est le vrai Yves et à quoi rêve la vraie Sarah. Car je lui en raconte, des choses... Généralement, je sonde son humeur et je m'invente un fantasme, selon son état d'esprit. S'il est rieur et enjoué, je deviens la servante délurée, revêtant un petit tablier et le bonnet assorti. Il agit alors en maître capricieux, courant après sa domestique impertinente jusqu'à ce que nous nous écroulions de rire et d'excitation.

Si, au contraire, je le sens mélancolique ou déprimé, je joue la maîtresse tendre et amoureuse; je le masse doucement, laissant monter son plaisir lentement et délicieusement. Nous faisons ensuite l'amour longtemps et passionnément.

Mais l'attitude que je préfère, c'est lorsqu'il est frondeur, tentant ouvertement et directement de m'entraîner au lit par la fermeté de son érection. Il peut être si vulgaire et macho! Je me transforme alors en pute de trottoir, l'assaillant verbalement autant que physiquement, le torturant sans merci jusqu'à ce qu'il s'enfonce en moi par l'arrière, saisissant mes hanches à pleines mains pour m'empaler plus efficacement. Bref, nous aimons ces petites mises en scène qui nous rapprochent et nous rendent complices d'un tas de souvenirs plus ou moins réels.

Cependant, notre «routine» s'est transformée depuis... depuis quand, déjà? Je crois que c'était un mardi; en tout cas, durant la semaine, puisque nous étions tous deux rentrés tard du bureau. Nous étions fatigués, ce soir-là et avions envie de faire l'amour, sans toutefois nous décider à passer aux choses sérieuses. Yves était songeur. Peut-être essayait-il d'imaginer quelque scénario; j'entrepris donc, alors qu'il se préparait à laver la vaisselle, de défaire son pantalon. Je me penchai devant lui, agaçant son ventre et ses fesses, puis m'agenouillai. Il semblait indécis, alors pourquoi ne pas prendre l'initiative? Il ne souleva aucune objection et je me mis à le sucer langoureusement. Il se laissa faire, toujours silencieux et songeur, puis sembla avoir une idée.

— Qu'est-ce qui te ferait vraiment plaisir? me demanda-t-il.

Comme j'avais la bouche pleine et que mon éducation me défendait de m'exprimer dans ces conditions, il enchaîna:

— Tu aurais envie d'une autre queue?

Je fis non, subtilement, de la tête.

— Jamais? Allez, tu peux tout me dire...

Je refis le même geste.

— Et si c'étaient deux queues, la mienne et une autre?

Là, j'hésitai. Pourquoi n'y avais-je jamais pensé? J'ai pourtant songé à un tas de trucs, pas des plus «conservateurs», mais jamais à ça. Je le suçai de plus belle, pour lui montrer mon approbation.

— Ah, ah! Et tu la verrais comment, cette autre queue? Plus grosse que la mienne?

Hum... sujet délicat, s'il en est. Je préférai ne pas m'avancer sur ce terrain glissant et fis la sourde oreille.

— Je parie que tu apprécierais une grosse queue noire, comme dans les films...

Cette pensée me fit un drôle d'effet. Je ne m'étais jamais vraiment arrêtée aux grosses queues noires des films pornos. Oh! plusieurs étaient tout simplement magnifiques, quoique un peu effrayantes. Et souvent, l'homme qui allait avec était plutôt attirant. De plus, les Noirs ont de ces fesses! Et, quoiqu'en pensent certaines, de ces queues!

J'imaginai l'un de ces grands gaillards, taillé au couteau

et à la verge immense. Ça allait plutôt bien. Mais quand j'ajoutai à cette image la présence d'Yves, je ressentis un picotement fort agréable au bas-ventre. J'aspirai plus fermement, enserrant le gland autour de mes lèvres, caressant doucement la verge de ma langue.

— Hmmm... tu le sucerais comme ça, l'autre gars?

Je demeurai silencieuse.

— Je te jure que j'aimerais bien voir ça. Rien que d'y penser...

Sa queue sursauta un peu et gonfla davantage.

— Allez, dis-moi, tu le sucerais comme ça? Tu le laisserais te faire l'amour? Je pourrais regarder?

Les images se bousculaient dans ma tête. Je me voyais agenouillée devant un gars immense dont le membre pendait presque jusqu'aux genoux. Je l'enfouissais comme je pouvais dans ma bouche, tandis que Yves me caressait comme il savait si bien le faire. Puis, l'inconnu se retirait et Yves prenait sa place. Je le suçais avidement et l'autre s'agenouillait derrière moi et enfonçait son membre immense entre mes cuisses ouvertes et moites. Il était colossal et, à la douleur, se mêlait un plaisir atroce. Je me sentais envahie, fouillée, pleine... Ensuite, des doigts — les miens, peut-être? — s'emparaient de mon sexe et le broyaient impitoyablement, écrasant la chair d'un toucher rude et douloureux. Je croyais la jouissance imminente et accélérais la succion sur Yves, tandis que l'autre me labourait de plus en plus rapidement. L'homme me martelait si fort et si vite que j'avais peine à ne pas crier. Puis, il se retirait et m'aspergeait le dos et les fesses de ce qui semblait être un seau de jouissance tiède. Évidemment, pendant que ma tête imaginait tout ceci, je pompais Yves avec un zèle inégalé, tout en me caressant sans la moindre douceur. Quand Yves se répandit dans ma bouche, je sentis le flot s'échapper de mon propre sexe et fus ébahie de tant de plaisir.

Cette image me hantait depuis ce jour. Je ne cessais d'imaginer comme il serait bon d'avoir, à moi seule, Yves, mon amant incomparable, et ce gars auquel je croyais de plus en plus. Je me disais qu'il devait bien exister quelque part... mais où? Chaque fois que nous avons fait l'amour, après ce soir-là, ce troisième personnage a toujours participé à nos ébats. Yves ne le savait pas, bien sûr. L'ego des hommes est si fragile que je ne voudrais pas qu'il s'imagine que cet homme est essentiel à mon plaisir. Pourtant...

Je n'ai pu garder ma grande gueule fermée très long-temps. Une semaine à peine, après l'apparition de ce fan-tasme troublant, je demandais à Yves s'il accepterait de faire l'amour à trois, un de ces quatre. Je spécifiai qu'il s'agirait de deux hommes pour moi seule, afin de ne pas faire naître en lui de faux espoirs. Il réagit comme je m'y attendais:

— Je ne te suffis déjà plus...

— Mais non, tu sais bien!

Je fis de mon mieux pour le réconforter. Je lui avouai que je n'avais jamais eu de meilleur amant que lui et qu'il avait tant accompli pour ma sexualité que je lui serais reconnais-sante pour le reste de mes jours. Et j'en ajoutai. Ce n'était pas difficile, tout ce que je lui confiais contenait une large part de vérité. Je conclus:

— Tu m'as tellement épanouie, sexuellement, que j'ai envie d'explorer à fond toutes ces merveilleuses sensations que tu me fais ressentir. Tu ne peux quand même pas m'en vouloir, c'est toi qui m'a ouvert les yeux!

— Bien, j'en suis flatté, mais si tu y prenais goût?

— Allons, Yves... on parle d'un fantasme. Je n'ai pas l'in-tention d'avoir des orgies tous les week-ends. Et puis, on n'a pas besoin de connaître l'autre gars; je préférerais même qu'il en soit ainsi. Comme ça, s'il est déçu ou qu'il ne fait pas l'affaire, on ne sera pas dans une position difficile. Ce serait le plus beau cadeau qu'un homme puisse me faire!

— Laisse-moi y penser.

Je n'ajoutai pas un mot. De nature assez perspicace, je sais généralement quand il vaut mieux me taire et laisser faire les choses. J'avais bien débattu mon point, il ne me restait plus qu'à attendre qu'il se décide. Il me fit languir trois semaines. Trois longues semaines où je me suis demandée au moins cent fois s'il avait tout oublié ou s'il ne savait pas comment me refuser cette aventure sans me blesser, ou encore s'il m'en voulait de mon caprice.

Je brûlais d'impatience de connaître sa réponse, surtout depuis que j'avais vu, en chair et en os, l'homme qui pouvait exaucer mon fantasme et, ce, à peine deux jours après avoir adressé ma requête à Yves. Maintenant que je savais qu'il existait, il m'était impossible de le faire disparaître de mes pensées.

Il m'aurait paru fort peu probable que cette apparition se manifeste à mon lieu de travail. C'est pourtant ce qui s'est passé... Un homme comme on n'en voit jamais, ailleurs que dans ses rêves les plus corsés. Il portait le veston ample de la compagnie de courrier avec laquelle nous faisons affaire depuis longtemps, mais je ne l'avais jamais vu. Oh! non. Je ne l'aurais certainement pas oublié. En l'apercevant, je ressentis ce même picotement au bas-ventre, celui que provoque généralement la langue de Yves entre mes cuisses. Et mon fantasme prit le dessus sur la réalité: c'était lui, le deuxième homme, la queue supplémentaire dont je m'occuperais en même temps que de celle de mon amant.

Pourtant, il n'était pas Noir. Il avait plutôt des traits résolument Amérindiens. Très grand, les épaules imposantes, la taille étroite, les jambes longues et solides. Il portait une abondante chevelure d'ébène, dont une partie était lâchement retenue en queue de cheval derrière la tête par un ruban de corde tissée. Ses immenses yeux noirs, légèrement bridés et éloignés l'un de l'autre, rendaient la largeur de son visage presque étonnante. Sa peau cuivrée semblait délicieuse; son cou, large et puissant, évoquait un magnifique cheval sauvage... je le désirais comme je n'avais jamais désiré un homme de ma vie. Je restai plantée là, le sac sur l'épaule, un pied devant l'autre, telle une image figée. La réceptionniste l'accueillit de son sourire habituel, signa le formulaire et prit le paquet. Mon Indien lui rendit un sourire étincelant qui allumait son visage entier, me regarda brièvement en hochant légèrement la tête, se retourna et partit.

J'étais bouleversée. Je n'avais jamais vu, du moins en personne, un être si puissamment sensuel. Je voulais l'avoir nu devant moi, son corps si magnifiquement sculpté à ma merci, sa queue que je devinais longue et musclée bien enfoncée dans ma bouche. Je désirais l'entendre gémir de plaisir, sentir ses mains puissantes sur mes épaules et sur mon corps... Bref, j'étais envoûtée. Je pris quelques minutes pour retrouver mes esprits, feignant de chercher quelque chose dans mon sac. Après m'être calmée, je sortis de l'édifice et me dirigeai vers ma voiture. Je démarrai et faillis quitter le stationnement sans remarquer la petite voiture dont l'occupant — mon dieu à la peau cuivrée — fouillait dans des papiers. Une autre décharge d'adrénaline parcourut mon corps et, comme il s'apprêtait enfin à partir, je le laissai passer devant moi. Hypnotisée, je le suivis sans m'en rendre compte jusqu'au centre commercial et m'y dirigeai à sa suite. Puis, je perdis sa trace. Déçue, interloquée, je repris mes esprits d'un seul coup. Mais qu'est-ce que je fabriquais à suivre impunément un étranger jusqu'ici? Qu'aurait-il pensé? J'avais passé trop près d'une situation embarrassante.

Néanmoins, les jours suivants, je trouvais toujours une excuse pour me rendre à la réception, à la même heure, dans l'espoir de l'apercevoir. Il revint trois autres fois et, à chacune d'elles, je me retrouvais la culotte humide et l'esprit ailleurs pour le reste de la journée. C'était lui, maintenant, qui assistait et participait à mes ébats avec Yves, et non plus un personnage vaguement esquissé. Ses traits étaient bien ancrés dans ma mémoire et c'est lui que j'évoquais aussitôt que la main de Yves se tendait vers moi.

Ce soir, encore... Je l'ai sucé avec une ardeur extrême, je l'ai laissé me faire l'amour brutalement, douloureusement par l'intermédiaire de la queue de Yves. Cher Yves! Devrais-je lui demander s'il a réfléchi à ma proposition? Oserais-je risquer le tout pour le tout et lui poser un ultimatum? Ma cigarette me brûle presque les doigts. Je me relève légèrement pour atteindre le cendrier et Yves en profite pour replacer un peu les oreillers éparpillés autour de nous, avant de m'attirer tendrement vers lui:

— C'est d'accord.

Je crois avoir mal compris et, pour ne pas me causer de fausse joie, je joue l'innocente, prétendant ne pas avoir la moindre idée de ce à quoi il fait allusion.

— C'est d'accord, tu sais, pour ce que tu m'as demandé... l'autre mec.

— Tu blagues!

— Non, non.

Il inspire bruyamment:

— J'espère seulement que ce que j'appréhende ne se produira pas. S'il fallait que tu y prennes goût ou que tu ne me désires plus par la suite, je ne me le pardonnerais jamais. De mon côté, je m'arrangerai pour que le fait de te voir avec un autre ne me perturbe pas trop.

— Mon amour, je ne pense qu'à toi et je suis toute excitée...

C'est vrai. J'omets, bien sûr, de décrire dans les détails ce qui m'excite tant. Je ne jetterai pas d'huile sur le feu en lui avouant que c'est son rôle plus passif dans mon fantasme qui m'excite au plus haut point. La sève coule entre mes cuisses, témoignant de mon désir intense. J'attire sa main vers moi et il me caresse doucement. Puis, nous faisons l'amour passionnément et nous endormons dans les bras l'un de l'autre.

Je dors d'un sommeil agité. Ce qui me hante, maintenant que j'ai l'approbation de Yves, c'est la façon d'arriver à mes fins. Comment approcher le bel inconnu? Toutes sortes d'options, plus farfelues les unes que les autres, s'offrent à moi. De quoi aurais-je l'air si je lui faisais ouvertement part de mes plans? Devrais-je être plus subtile et tenter de l'attirer ici sous un motif obscur pour ensuite, selon sa réaction, l'entraîner vers notre lit presque conjugal? La nuit porte conseil, dit-on. J'ai cependant le sentiment que celle-ci me laisserait dans le néant le plus total. Il fait presque jour quand, épuisée et à court d'idées, j'arrive enfin à m'endormir, par miracle. Ma dernière pensée: «Aurai-je seulement le courage d'aller au bout de mon idée?»

* * *

Il s'appelle Shey. Il faut prononcer «Ché». C'est Huron, paraît-il. Je l'ai revu deux fois, en une semaine, et je n'arrive toujours pas à décider de l'approche à adopter. Je fais cependant un certain progrès, puisqu'il sait maintenant que j'existe. J'ai eu de la chance...

Cet après-midi, un client m'a fait livrer un important colis que je devais recevoir en main propre. Quand la réceptionniste m'a demandé de me présenter à la réception, je ne me doutais pas qu'il allait être là et que j'entendrais sa chaude voix s'enquérir:

— C'est vous, Sarah L.?

Je crus défaillir. La manière dont il avait prononcé Sarah m'avait fait tout drôle. Il se tenait là, à quelques centimètres de moi, me tendant un stylo afin que j'appose ma signature sur le formulaire. Mais, trop perturbée par sa présence imposante, je demeurais figée, à admirer sa main tendue. Je le voyais sonner chez moi, tard en soirée. Je lui ouvrirais la porte, presque totalement dévêtue et laisserais la nature suivre son cours. Une fois les choses bien enclenchées, Yves pourrait se joindre à nous, s'il le souhaitait, ou simplement nous observer. Je pouvais bien lui laisser le choix, c'était la moindre des choses. Tiens... ça pouvait peut-être marcher.

Toutefois, il fallut que je dise une dernière bêtise avant le départ de Shey, tout à l'heure. En lui rendant son stylo, je lui fis mon plus beau sourire et quand il ajouta «Merci beaucoup, madame Sarah!» je répondis, en parfaite idiote, «c'est Mademoiselle!» et je me sentis bouillir de honte. Je pensais mourir dans ma stupidité, quand il rétorqua: «Ah! vous n'êtes donc pas mariée?», cc à quoi je ne trouvai rien de mieux à répondre que «enfin... pas tout à fait...».

Finalement, ma bêtise me servira peut-être. Si je décide d'essayer ce plan et de l'attirer chez moi, prétextant une importante missive à faire livrer pour le lendemain, le fait qu'il me sache étroitement liée à quelqu'un évitera les malentendus. En définitive, qu'est-ce que j'ai à perdre, à part mon ego, mon honneur et ma réputation?

Je fais part de mon projet à Yves ce soir-même. Il reste là, sans rien dire, n'osant m'interrompre pour aucune question ni pour soulever quelque objection que ce soit. Je m'excite et j'en bafouille presque. Une fois que j'ai terminé et un tant soit peu retrouvé mon calme, Yves prend enfin la parole:

— Tu m'as l'air pas mal amourachée de ce gars-là...

Je croyais pourtant m'en être bien sortie sans laisser paraître mon emballement vis-à-vis de Shey. Je proteste mollement, disant qu'il est effectivement très attirant et que n'importe quelle femme serait troublée par son apparence et sa présence. Cela ne paraît pas le rassurer puisqu'il se renfrogne et semble me bouder comme un enfant d'école à qui l'on aurait volé un biscuit. Il ne faut pas qu'il change d'idée!

Pas maintenant! Près de la panique, je réussis toutefois à me contenir:

— Mon chéri, si tu veux, on oublie toute l'histoire. Allez, c'est pas grave, n'en parlons plus.

Je me trouve assez courageuse d'avoir tenté cette tactique si prévisible. Il mord néanmoins à l'hameçon, et, se croyant redevenu maître de la situation, me fait un large sourire, avant d'ajouter:

— Mais non, ça va! C'est quand même un peu moi qui t'ai mis cette idée-là dans la tête. Je ne me dégonflerai pas maintenant! Écoute, ton plan me semble possible. Maintenant, raconte-moi comment tu vois ça en détail...

Je lui décris Shey de façon concise, puis lui expose le scénario que j'ai en tête. Tandis que je prends le temps d'agrémenter mon récit de nombreux détails, Yves me déshabille pièce à pièce. Puis, il me coupe la parole pour sentir tout de suite le doux effleurement de ma bouche chaude sur sa queue. Finalement, nous faisons l'amour furieusement. Dans ma tête, dansent le visage et le corps de Shey. Je ne peux souffrir d'attendre; je veux les avoir tous les deux maintenant. Ce soir. Bientôt? Demain? Impossible. Après-demain. Nous nous endormons dans les bras l'un de l'autre, moi à la réalisation imminente de mon fantasme et Yves tentant d'étouffer ses doutes et ses derniers scrupules avant qu'il ne soit trop tard. Peut-être se demande-t-il dans quel pétrin il s'est placé... J'aimerais tant le rassurer. Tout ceci ne fait que raffermir mes sentiments envers lui, alors qu'il s'imagine déjà le contraire.

* * *

Dès mon réveil, le lendemain, je prépare mon coup. Il faut que mon prétexte pour attirer Shey chez moi soit solide. Si je rends le tout trop «officiel» et que c'est par le biais de la compagnie que je me charge de faire ramasser le document en question chez moi, je cours le risque qu'on me demande des comptes. Il ne faut pas oublier la possibilité, trop troublante, qu'un employé de la compagnie de courrier, autre que Shey, se présente à ma porte. J'imagine la tête que je ferais! Je dois donc opter pour la carte «personnelle», contactant Shey directement en lui disant que le bureau ne doit être au courant de rien, de là l'importance de se rendre chez moi en soirée, et qu'un gros pourboire l'attend si c'est lui qui s'en occupe, puisque je connais son efficacité, bla, bla, bla. Ça devrait marcher.

Les heures de la journée s'émiettent lamentablement jusqu'à l'heure fatidique que je m'étais préalablement fixée pour lui téléphoner, afin de convenir d'un rendez-vous chez moi pour le lendemain, s'il est disponible. Vu l'importance de mon document, je ne le remettrai qu'à lui! Plusieurs fois, durant la journée, je pense me dégonfler. Si je m'arrête trop longtemps pour songer aux conséquences de ce coup de fil, je me trouve complètement cinglée. Par contre, quand je rêve aux délices qui peuvent en découler, j'en oublie mystérieusement tous mes scrupules.

Il est 16 heures, c'est le moment ou jamais. Je compose le numéro d'une main tremblante, tout en me disant qu'il sera probablement absent, en train d'effectuer une livraison urgente. Mais la réceptionniste me fait patienter un instant et j'entends sa voix sublime me répondre. Presque en chuchotant — les murs ont des oreilles! —, je lui fais part du service dont j'ai besoin. Il accepte tout de suite, note mon adresse et m'assure qu'il sera chez moi le lendemain, à 20 heures pile.

J'ai la tête ailleurs pour le reste de la journée. Je tente de travailler efficacement, mais sans succès. Je m'acharne toutefois sur un dossier important jusqu'à la dernière minute. À 17 heures, je me précipite hors de l'édifice et retourne rapidement à la maison, afin d'annoncer la bonne nouvelle à Yves et l'accueillir d'une façon bien particulière.

* * *

Et je croyais que la veille avait été interminable! Il me semble que chaque minute qui me sépare de la soirée s'étire sans fin, que rien de tout ce que j'anticipe ne se produira. Je me demande ce qui viendra gâcher ma soirée; Yves changera peut-être d'idée, ou alors Shey ne se laissera pas convaincre aussi facilement que je l'espère... ou ma mère choisira ce soir-là pour arriver chez moi, à l'improviste. Cette dernière pensée me fait sauter sur le téléphone, pour éliminer cette horrible possibilité. J'adore ma mère, mais pas ce soir!

Il est finalement 17 heures. Je sors de l'édifice encore plus vite que la veille et me rends à mon appartement en un temps record.

Yves est déjà là et il a tôt fait de me rassurer qu'il n'a pas changé d'idée. Il a même l'air excité, lui aussi. Tant mieux! Je ne me sens pas le courage de tenter de le convaincre par quelque obscur stratagème. Nous mangeons du bout des doigts, ne cherchant qu'à nous remplir l'estomac, afin d'être en forme pour la soirée. Vers 19 heures, je ne tiens plus en place. Yves m'attire vers la salle de bain; il y fait couler le bain en y versant une généreuse rasade d'huile moussante. Puis, il me déshabille et m'installe doucement dans la chaude mousse. Il nettoie délicatement mon visage en me massant soigneusement les tempes et les joues, me lave le corps entier et s'attarde sur mon ventre, qu'il caresse amoureusement. Je m'immerge la tête sous l'eau, puis la laisse flotter, savourant les caresses que Yves me prodigue. Il m'excite lentement, faisant sourdre au plus profond de mon ventre cet agréable pincement d'anticipation et de désir. Il se joint enfin à moi, provoquant de douces vaguelettes. Je m'agenouille devant lui, glissant son membre bien dur entre mes cuisses, le frottant contre mes lèvres entrouvertes. Yves se laisse faire, me permettant de l'utiliser à ma guise quelques instants. Puis, il se relève:

— Continue sans moi... il est presque huit heures, je serai dans la chambre.

Maintenant seule, je me caresse distraitement. Il m'a bien détendue, aussi suis-je passablement calme quand la sonnerie de la porte retentit quelques minutes plus tard. Je sors du bain en me couvrant lâchement d'un peignoir moelleux et ouvre. Il est devant moi, chez moi. Enfin.

— Je vous dérange! Excusez-moi...

Je le rassure en l'entraînant à l'intérieur. Je laisse mon peignoir s'ouvrir sur mon corps nu et ruisselant en refermant la porte, la pointe d'un sein effleurant le cuir de sa veste. Je trouve alors le courage de plonger mon regard dans ses yeux immenses, tentant d'y découvrir la marche à suivre. Il soutient mon regard un instant, puis sourit. Je me dresse sur la pointe des pieds et enfouis mon visage dans son cou, humant l'odeur capiteuse de sa peau. Ses mains sont déjà sur mon corps, retirant le peignoir jusqu'à ce que je me trouve nue dans ses bras et que je puisse percevoir, contre mon bassin, la fermeté flatteuse de sa queue au travers du pantalon. Je me félicite de ma chance. Plus facile que je ne le croyais! Du moins, pour le moment. Je me laisse aller aux confidences:

— Je te désire depuis la première fois que je t'ai vu.

Je n'attends ni n'espère aucune réplique. Je ne lui en laisse d'ailleurs pas le loisir, recouvrant ses lèvres des miennes en un baiser auquel il participe fiévreusement. Je me demande si Yves nous épie déjà... mais pour le moment, je préfère me consacrer à Shey. Je m'acharne sur ses vêtements, retirant sa veste, sa chemise, défaisant son pantalon avec des mains tremblantes. Sa queue dépasse mes espoirs les plus fous. Elle est large, longue, puissante, appétissante. En fait, tout son corps a la perfection d'une statue de bronze, la teinte aussi, et je suis émerveillée. Je ne peux m'empêcher d'embrasser cette peau enivrante, de lui mordre les épaules et le cou, de lui lécher le ventre, le torse si lisse, les bras musclés. Je suis déchaînée. Contrairement à ce que je m'étais imaginée, c'est moi qui l'entraîne vers le divan, lui retirant ce pantalon embarrassant. Je l'installe confortablement avant de m'agenouiller devant lui, telle une servante devant son maître. Sa queue palpite, elle m'hypnotise. J'y dépose la langue, en caressant la peau si fine et en dessinant chaque renflement, chaque veine. Je me crois incapable de l'engouffrer, mais m'y résigne, la sentant appuyer fortement au fond de ma gorge. Elle est délicieuse; un goût différent de celui auquel je suis habituée, plus subtil. Il semble apprécier mes attentions, ses mains s'égarent dans mes cheveux et sur mon visage. Je crois qu'il a atteint sa taille maximale et en profite pour interrompre ma caresse et glisser mon corps contre le sien, frottant ce membre délectable sur mon sexe brûlant, admirant ses yeux sans prononcer une seule parole. Un seul mot pourrait tout gâcher... Je l'aspire enfin en moi. Il est vraiment énorme et j'ai peine à le contenir. Mais c'est le moindre de mes soucis, en ce moment! Ses mains empoignent solidement mes seins, les écrasant durement. Puis, il approche sa bouche, mordillant mes mamelons tendus à l'extrême. Je savoure cet instant délicieux où, profondément ancrée en moi, sa queue est immobile, attendant un signal de ma part. Je contracte mes muscles tout autour, espérant lui faire sentir ma gratitude et commence à me mouvoir lentement, pour juger de mes capacités. Et, devant le plaisir intense qu'il me procure, je me démène de plus en plus rapidement, l'attirant plus profondément. Je me soulève sur les pieds, afin d'accentuer la douleur, gémis, jouis. Il s'en rend compte, puisqu'il me soulève de ses bras puissants en se relevant. Puis, il se retire doucement et me retourne. Je me précipite sur le divan, m'appuyant les coudes au dossier, lui offrant mes fesses bien écartées. Il m'écarte les cuisses et, à ma grande surprise, s'agenouille aussi, sa langue léchant mon sexe maintenant brûlant. Je le laisse faire quelques minutes, puis l'implore de me pénétrer brutalement. Il s'exécute et je retiens difficilement un cri de surprise devant la merveilleuse douleur que je ressens. Il me broie le ventre, j'ai l'impression qu'il va me défoncer et c'est sublime. J'entrouvre les yeux un moment et aperçois Yves qui s'approche. Je l'avais complètement oublié! Un sursaut de remords m'assaille. Peut-être avait-il raison, après tout? Je serai peut-être incapable d'effacer le souvenir de Shey après cette soirée et ne le désirerai que davantage... Trop tard pour y penser, maintenant. Le fait de voir Yves si près de nous, bien bandé et le regard assuré provoque en moi une délicieuse bouffée de plaisir. Je me sens désirée, belle, séduisante. J'ai envie de me donner en spectacle à lui sans retenue. Je me relève un peu, le regarde et pétrit durement mes seins. Je les pince, les égratigne, les étire, afin de pouvoir les embrasser et les lécher. Yves est maintenant tout près et Shey n'a pas bronché. C'est merveilleux! Tout se passe exactement comme j'en rêvais! Je m'attends, à chaque instant, à ce qu'il se produise quelque chose qui brise l'atmosphère, qui vienne tout gâcher. Aussi, quand Yves monte sur le divan, s'assoyant sur le dossier et qu'il me branle sa queue en plein visage, je nage en plein bonheur. Je ne sais pas s'il a vraiment regardé Shey, et je m'en fous, ou si ce dernier est perturbé par sa présence. En tout cas, sa performance n'en est pas affectée et Yves semble s'abandonner au plaisir que je lui procure. En fait, il rend les armes plutôt vite... À peine quelques instants et il jouit dans ma bouche. Mais il reste là et il est toujours aussi dur. Je le sors de ma bouche et lui caresse les couilles et les cuisses, léchant au rythme des coups de boutoir de Shey. Il a vite retrouvé sa prestance, mais je sens Shey qui accélère et durcit davantage. Il s'enfonce avec ardeur, laissant mes fesses frapper contre ses cuisses et je le devine près de l'orgasme. Bombant davantage les fesses, je suis son rythme, anticipant même chaque poussée, quand il me saisit les hanches et s'enfonce brutalement en poussant un gémissement contenu. Il reste là, cajolant mon dos et mes fesses, alors que sa respiration ralentit.

J'imagine que mes deux hommes se consultent alors, puisque Yves retire ma main autour de sa queue et descend du meuble pour laisser la place à Shey. Ce dernier est si grand et imposant que j'ai une petite pensée pour ce brave divan, victime de nos excès... Déjà, Yves est en moi. Je reconnais son toucher, son rythme, son approche. Je l'accueille avec joie et m'empresse de caresser la formidable queue qui se trouve devant moi. Mais là, quelque chose d'étrange se produit. Tandis que j'engouffre et suce Shey avec ardeur, Yves se retire et se contente de me regarder faire. Il se tient là, la queue dans la main, le visage impassible. Peut-être n'a-t-il pas envie de me faire l'amour tout de suite après un autre? Je me rends soudainement compte du caractère plutôt extrême de la situation et réalise que je viens peut-être de transformer notre vie de couple pour toujours. Alors même que mes lèvres et ma langue caressent la queue de l'inconnu, je fais le serment que je ne laisserai pas le souvenir de Shey et de cette soirée venir entre nous. Et tout à coup, j'ai peur. J'ai peur que Yves ne me regarde plus de la même façon et qu'il se sente, en quelque sorte, trompé. Je m'empresse d'en finir avec Shey, mettant mes mains à profit pour le faire jouir le plus rapidement possible. Son corps obéit à ma soudaine exigence et je me retrouve aspergée. Malgré mes dernières pensées, je ne peux m'empêcher de me dire que c'était fabuleux. S'il fallait que nous ne reparlions plus de cette soirée, j'en garderais néanmoins un souvenir indélébile. Sachant qu'une telle situation ne se reproduira probablement jamais, je garde la queue de Shey dans ma bouche un bon moment, le léchant doucement. Yves est disparu; j'en suis soulagée. Je me dégage de ma position devenue inconfortable et me blottis dans les bras accueillants de Shey. Il me serre délicatement, embrasse mes cheveux, mes paupières, mes joues, ma bouche. Une dernière caresse, puis il s'éloigne lentement:

— Va le retrouver, je crois que ça vaut mieux. Je m'en vais tout de suite.

Quel ange! Il m'évite ainsi de choisir, d'avoir à déterminer comment me comporter envers lui et de me poser un tas de questions. Je l'embrasse une dernière fois et pars retrouver Yves. Je me glisse, silencieuse, dans notre lit et le serre dans mes bras. À peine quelques minutes plus tard, j'entends la porte se refermer sur Shey et sur un fantasme inoubliable. Je tente de dormir, mais des pensées contradictoires assaillent ma tête déjà lourde. Ai-je fait la pire gaffe de ma vie? Le plaisir extrême que j'ai ressenti durant cette soirée en valait-il la peine? Comment Yves se comportera-t-il avec moi, le matin venu? Je me blottis davantage contre mon amant, mon ami. Je suis persuadée qu'il a les idées tout aussi embrouillées que les miennes et je me retiens de lui parler. Je voudrais tant qu'il me dise ce qu'il ressent! Je sens son corps tendu et sa respiration régulière, mais peu profonde, m'indique qu'il ne dort pas. Il prend ma main, la presse contre son cœur. Ce geste me rassure quelque peu, me permettant de laisser s'échapper une longue expiration trop longtemps contenue. Le sommeil me gagne et j'ose m'y abandonner, m'accrochant à l'espoir que le soleil se lèvera sur nous de la même façon qu'il l'a fait ce matin, baignant nos vies calmes de ses chauds rayons.

* * *

Je m'éveille dans un lit vide; nulle trace de mon amant.

Vérifiant l'heure, je constate qu'il est peu probable qu'il soit déjà parti travailler. Les événements de la veille se bousculent dans ma tête ensommeillée et une angoisse sourde me pousse à me lever, malgré l'heure supplémentaire de sommeil que je pourrais m'accorder.

Il n'est pas à la cuisine ni au salon. La pièce qui nous sert de bureau est vide, de même que la salle de bain. Je cherche en vain un mot quelconque, laissé à mon intention sur un bout de papier, comme il a l'habitude de faire quand il sort sans m'en avoir informée. Rien... que le chat qui vient s'emmêler dans mes jambes, ronronnant doucement, pas du tout affecté par l'anxiété qui me tenaille. Le café est fait... c'est déjà ça. Je m'éclaircis les idées d'une tasse du liquide bouillant, assise à l'extrémité de ma chaise, tentant de me rappeler s'il avait la veille mentionné quelque rendez-vous inhabituel, à cette heure si matinale. Je ne me souviens de rien. Que du corps splendide de Shey frottant contre le mien et du regard brûlant de désir de Yves. Je chasse ces souvenirs tant bien que mal. J'aurai tout le loisir de les laisser resurgir plus tard. Pour le moment, j'ai peur. Un pressentiment indéfinissable parcourt mes veines. Je me sens totalement inutile, à rester là. J'entreprends donc ma routine matinale, espérant que l'activité me sera d'un secours quelconque.

Par chance, je dois assister à une réunion en matinée. Cela devrait m'aider à passer le temps... Mais la réunion se termine et aucun message téléphonique ne m'attend. Il est déjà près de 11 heures, je suis toujours sans nouvelles de Yves. Je tente de le joindre au bureau et me fais répondre qu'il n'y est pas encore passé. Il y était pourtant attendu, pour une réunion, à 9 heures précises... Je fais l'innocente, ne voulant rien laisser paraître de ma déconfiture. «Oui, bien sûr, si j'ai des nouvelles, je lui demanderai de téléphoner le plus vite possible!»

Le reste de la journée s'écoule lentement, sans que rien

ne vienne me rassurer. Mon appel de 15 heures, à son bureau, n'a pas eu plus de succès que le précédent et je devine, au ton de sa secrétaire, qu'elle s'inquiète aussi. Je n'en peux plus et quitte mon lieu de travail.

J'arrive à la maison essoufflée, énervée, frénétique. Et là, je me rends tout de suite compte que Yves est venu plus tôt. Difficile de ne pas remarquer la chaîne stéréo, disparue de l'étagère, la penderie désertée de tout vêtement masculin ou la salle de bain dans laquelle ne traînent plus ni rasoir ni lotion après-rasage. Les trois tiroirs du bas de la commode sont aussi maintenant vides. Parti... il est bel et bien parti.

Je nage en pleine confusion. Mon cerveau enregistre tous ces détails et leurs ramifications, mais je ne ressens qu'un froid intense me geler les entrailles. Tout se bouscule dans ma tête, des merveilleux moments passés ensemble à ma stupide insistance devant ce fantasme aussi spontané que futile. Tout compte fait, il a raison de me quitter. En étant bien honnête envers moi-même, je me dois d'avouer que cette nuit a occupé toutes mes pensées et que le souvenir du corps de Shey sera difficile à effacer de ma mémoire. Je crois sincèrement que Yves n'était probablement pas totalement convaincu de ma loyauté envers lui et qu'il n'a pu effacer de son esprit le fait que j'aie baisé avec un autre. Je réalise maintenant que cette image se serait sans cesse dressée entre nous et nous aurait finalement empoisonnés.

Seule dans cet appartement que j'aimais tant et dans lequel tant de souvenirs de Yves me hantent, je me sens misérable. L'absurdité de ma conduite m'enrage. Je n'aurais pas pu me contenter d'un seul homme extraordinaire, comme la plupart des femmes de la planète? Non. Il a fallu que j'en demande plus, me croyant forte et insensible à tout sentiment contradictoire. Je pleure durant des heures, de colère et de chagrin. Yves me manque déjà terriblement; il saurait sans doute me consoler... si je le méritais! Je pleure davantage.

Toutes ces larmes m'épuisent et je m'endors sur le sofa où je reste installée inconfortablement toute la nuit.

Chaque jour qui passe sans nouvelles de Yves me déprime davantage. Il me manque tellement que j'en ai mal partout. Et pourtant, je ne peux chasser l'image de Shey de ma stupide petite tête, me demandant s'il accepterait de me revoir. Je me déteste pour ce genre de pensées, mais elles apparaissent malgré moi.

Presque deux mois se sont écoulés quand je me décide enfin à me joindre à une copine pour une virée, un vendredi soir. Nous déambulons lentement, boulevard Saint-Laurent, à la recherche d'un endroit qui nous convient. Nous ne savons pas très bien ce que nous recherchons; une fringale nous tiraille l'estomac, mais nous avons surtout envie d'un bon verre, de bonne musique et de bonne compagnie. Cette nuit m'est agréable; pour la première fois depuis que Yves m'a quittée, j'ai le sentiment que je ne suis pas si abjecte, qu'il serait possible, malgré ma gaffe monumentale, de me pardonner un jour.

Puis, l'un des fantômes qui me hantent depuis si longtemps surgit devant moi. Je reconnaîtrais cette stature n'importe où. Les épaules bien découpées, la taille fine, la queue de cheval... Je suis tellement excitée par sa présence que je faillis ne pas remarquer qu'il n'est pas seul. Quelqu'un est à ses côtés, très, très près, un doigt négligemment accroché dans la ceinture du jeans de Shey. Cette constatation me calme. Ne nous énervons pas. Il n'est pas seul: il n'est donc pas question de me manifester. Mon cœur bat à toute allure, j'ai chaud et les mains moites. Pourvu qu'il ne me voie pas!

Le couple — il s'agit définitivement d'un couple — continue de marcher, inconscient de ma présence et de l'émoi que Shey provoque toujours en moi. Puis, ce dernier ralentit et dépose un petit baiser sur la tête de celle qui l'accompagne... et ce n'est qu'à ce moment-là que je comprends qu'il ne s'agit pas d'une femme, mais d'un homme. C'est son profil qui me fait tressaillir. Et là, j'arrête net. Certes, les cheveux sont plus longs et le style vestimentaire a quelque peu changé; un air indéfinissable, «savamment négligé», mais c'est bien lui: Yves.

«BABY BLUES»

Un record! Pas un son ne s'est fait entendre en ces murs depuis plus de deux heures. Aucun gémissement, ni plainte, ni vagissement, rien du tout. Ce silence est si extraordinaire... Il y a un tas de choses que je considérais comme acquises, auparavant, ce silence divin, par exemple et que je vois aujourd'hui d'un tout autre œil. Ces merveilles, somme toute si anodines, ont accédé au rang de fantasmes inaccessibles: une soirée tranquille à la maison, à lire un bon roman; décider, à la dernière minute, de m'offrir un week-end à la campagne; pouvoir partir, comme ça, voir un bon film au cinéma; dormir douze heures d'affilée, surtout le matin; passer la nuit à faire l'amour... enfin, ces jours-ci, quelques minutes à faire l'amour serait déjà quelque chose!

Les jumeaux ont maintenant six mois. Ah! que je les aime! Ces adorables poupons trouvent toujours le moyen de me faire sourire, peu importe mon état de fatigue ou de déprime. Car, oui, je suis fatiguée et déprimée. Je les ai voulus, désirés et j'ai tout fait pour les avoir, ces enfants. J'ai même laissé un homme que j'aimais pour en trouver un autre qui accepte — ou, du moins, ne s'objecte pas — à me faire un enfant. *Un* enfant.

Mais le sort et les mystères de la génétique ont décrété que j'en aurais deux... et c'est là que certains de mes plans ont changé. Je ne m'attendais pas, bien entendu, à ce que chaque jour soit une partie de plaisir, oh! non! Je savais dans quelle aventure je me lançais. Mais, parfois, ça tient davantage du cauchemar. Certains jours sont pires que d'autres et ceux-là sont, malheureusement, de plus en plus nombreux. Les jumeaux franchissent toutes leurs étapes ensemble ou l'un après l'autre. Depuis quelque temps, les poussées dentaires de nos petits chéris nous tiennent éveillés toute la nuit. Pourtant, nous avons eu droit à toute la panoplie des malaises qui s'abattent sur les enfants... La varicelle sévissait il y a à peine trois semaines, après une gastro-entérite qui les terrassa pendant trois jours. Il ne faudrait pas non plus oublier leurs coliques, jusqu'à trois mois, et leur faim insatiable. Et quand les deux, qui pleuraient invariablement en même temps, exigeaient ensemble qu'on change leur couche, qu'on les nourrisse ou qu'on les cajole, Louis et moi versions des larmes de désarroi.

Néanmoins, il ne faut pas se méprendre sur mes sentiments. Pour rien au monde, je ne changerais quoi que ce soit à tout ce que nous avons vécu depuis leur naissance. Bien que difficiles, ces six mois ont aussi été les plus exaltants de ma vie. L'amour que je ressens pour Amélie et Thierry est immense, démesuré, farouche, incroyable, presque ridicule. Je peux passer des heures à les regarder grandir, — ce qu'ils font à une vitesse affolante! — et je ne cesse de m'émerveiller devant leurs moindres exploits. Si seulement je ne me sentais pas si moche et n'avais pas l'impression d'être passée de l'état de femme à celui de réfrigérateur ambulant, tout serait pour le mieux... En d'autres mots, si je me sentais assez désirable et que nous trouvions le temps et l'énergie, Louis et moi, de faire l'amour de temps en temps, ma vie serait merveilleuse.

Qu'est-ce que je donnerais pour retrouver la passion que nous partagions si allègrement chaque fois que l'occasion se présentait! Louis et moi étions toujours en train de faire l'amour, à tout moment de la journée, peu importaient l'endroit et la circonstance. Ah! nous avions vraiment une vie sexuelle merveilleuse jusqu'à la naissance de Thierry et d'Amélie. Je me souviens très bien que, dès le début de ma grossesse, j'avais constamment envie de faire l'amour. Nos retraites au chalet devenaient de plus en plus enivrantes. Nous y allions, tous les deux, y vivre quelques jours de paix et de tranquillité parsemés de plaisir et de jouissance bénéfiques. Louis préparait une bonne flambée dans l'âtre et, une fois la pièce baignant dans une douce chaleur, nous nous étendions, nus et amoureux, sur une épaisse fourrure. Mon amant prenait plaisir, à l'apparition d'une certaine rondeur sur mon ventre, à le caresser tendrement. Son regard, alors, reflétait une joie profonde mêlée à un désir intense. Il m'embrassait longuement, laissant courir sa langue sur mon corps entier, s'attardant sur mes seins gonflés. Il me faisait jouir lentement, un long et délicieux supplice, caressant de sa main chaude mon sexe qui n'en pouvait déjà plus. Puis, il écartait davantage mes jambes et mordillait mes cuisses et la douce chair offerte. Il me léchait et me suçait ensuite, s'amusant à glisser un doigt en moi et me fouillant si doucement qu'on aurait dit un chatouillement. Un deuxième doigt rejoignait enfin le premier, tandis que le pouce de son autre main, bien appuyée sur mon ventre, palpait et tapotait la chair la plus tendre. C'étaient alors trois doigts qui, immobiles à l'intérieur de mon corps, déployaient mon sexe entier, tandis que la bouche de Louis me léchait davantage, mêlant sa salive au chaud liquide qui émanait de moi. Quand il me sentait prête à abdiquer, il me caressait du pouce plus intensément, plus sèchement, jusqu'à ce que les muscles de mon sexe, palpitant sous ses doigts, lui indiquent que j'étais en proie à l'orgasme. Il adorait ressentir la montée de mon excitation, léchant sur ses doigts luisants le fruit de ma jouissance.

Enfin, il me pénétrait doucement et tendrement, soucieux de mon bien-être. À ce niveau d'excitation, j'aurais été incapable de ressentir quelque inconfort que ce soit! Je l'aspirais enfin au plus profond de mon corps, admirant sa peau et le reflet du feu dans ses yeux magnifiques. Ses cheveux bouclés tressautaient autour de son visage au rythme de sa danse en moi et nos corps, bouillants et ruisselants, s'unissaient pour ne devenir qu'un, se berçant l'un contre l'autre avec une intimité et une complicité merveilleuses. C'était le bon temps!

Pour en revenir à Louis et son rôle de père, il accomplit la tâche à merveille. Il a pris un mois de vacances à la naissance des jumeaux et, même depuis qu'il est retourné travailler, il change les couches (qui sont innombrables!), donne le bain à Amélie, alors que je m'occupe de Thierry. C'est souvent lui qui les met au lit pour la nuit —la nuit! elle est bien bonne!— et m'aide à les nourrir. J'apprécie énormément tout ce qu'il fait. Je me rends compte aujourd'hui que si j'avais été seule avec ces poupons depuis leur naissance, j'y aurais probablement laissé mon équilibre mental. Quel homme merveilleux!

Mais il y a un problème, un ombrage à notre amour l'un envers l'autre que je désespère de voir s'élever. Nous n'avons pas encore fait l'amour depuis l'arrivée des jumeaux. Chaque fois que nous planifions de nous retrouver en tête à tête, les petits au lit, il faut que l'un d'eux se réveille, tirant l'autre du sommeil, et il se passe parfois une heure ou plus avant que le calme ne revienne. À ce moment-là, notre désir mutuel s'est transformé en une fatigue irrépressible; c'est typique. J'ai même l'impression que nos chers anges devinent nos intentions, car ils choisissent toujours le moment le plus inopportun pour nous rappeler qu'ils existent. Nous avons dû essayer de faire l'amour une bonne demi-douzaine de fois mais, au moment critique où nous étions tous deux prêts à passer aux choses intéressantes, le son de notre respiration haletante a toujours été enterré par un «Oooouuuuiiiiinnnn» retentissant, suivi d'un deuxième.

Bien sûr, le premier mois s'est écoulé sans que nous réalisions quoi que ce soit. Au cours du deuxième, j'étais tellement exténuée que, si j'avais un répit — aussi bref fut-il — je me hâtais de me mettre au lit, seule, pour me reposer un peu. Et le sommeil ne tardait pas à venir! Louis n'insistait pas; il ne tentait pas, dans ces moments-là, de me séduire. Toutefois, par la suite, c'est lui qui devint vite épuisé. Il rentrait du travail, préparait à manger, m'aidait pour les bains, les couches, les pyjamas et tout le reste. Les enfants couchés, il se réfugiait dans la chambre. Quand je l'y rejoignais, à peine quelques minutes plus tard, il ronflait.

Comme il me manque! Je ne peux néanmoins me résoudre à briser la glace, car j'ai peur d'essuyer un refus. Je ne me suis jamais sentie si peu attirante et je comprendrais qu'il n'ait pas envie de moi! Je suis cernée, blême, mon corps s'est transformé et me semble fort peu attrayant. Et, ce qui n'aide en rien, je suis terrorisée à l'idée que le plaisir que nous partagions à faire l'amour ne soit plus comme avant. Et si je ne lui plaisais plus autant? Et si mon corps ne réagissait plus à ses caresses comme avant? Et si je ne réussissais plus à l'exciter? Et si, et si?

Et pourtant, lorsque je repense à tous les souvenirs qui m'assaillent des bons moments passés ensemble je deviens toute moite... la façon dont un simple regard lui faisait comprendre que j'étais en proie à un désir urgent ou lorsqu'il caressait ma cuisse d'une manière bien particulière, m'indiquant qu'il souhaitait que nous nous retrouvions seuls un moment, où que nous soyons. J'adore sentir le sexe de Louis en moi, s'engloutir de plus en plus profondément, se faufiler posément jusqu'au tréfonds de mon sexe humide, le combler de sa chaleur et de son impatience. Louis m'a déjà fait l'amour durant une pièce de théâtre, dans une loge inoccupée. C'est pendant l'entracte que nous avions repéré la pièce vide. Nous nous y sommes dirigés subtilement, nous assurant que personne ne nous avait remarqués. J'ai refermé la porte et il s'est glissé derrière moi, caressant mes seins en écartant la large encolure de la robe que je portais ce soir-là. Il me mordit le cou et la nuque, pétrissant toujours ma poitrine déjà gonflée par la grossesse, et faufila un genou entre mes jambes pour les écarter. Puis, il remonta la robe sur mes reins et retira ma culotte, exposant mes fesses à la noirceur ambiante et glissa une main brûlante entre mes cuisses. Il me palpa, m'étira, me frotta tant et si bien que je jouis immédiatement, les coudes appuyés contre la porte de la loge. Il défit enfin son pantalon et me pénétra rudement, ne prenant pas la peine de ménager mon sexe ruisselant, et me fit l'amour rapidement, avec une intensité jamais égalée. Nous ressortîmes de la loge, l'un après l'autre, le rose aux joues et le regard brillant.

Nos corps se complètent à merveille. Nous sommes de la bonne taille pour faire l'amour debout, assis, couchés. Qu'il plane au-dessus de moi et que j'élève les jambes pour encercler son cou, ou que je prenne place sur ses cuisses pour me glisser sur lui, il n'y a que sa queue à lui qui sache combler chaque parcelle de mon corps. Il sait atteindre mes parties les plus sensibles, les exploiter, les tirailler, les exciter... Bref, chaque fois que je fais l'amour avec lui, je sais que je veux passer le reste de ma vie à ses côtés. Je me demande aujourd'hui s'il partage ce souhait. Il est tellement difficile à cerner!

Après l'accouchement, je croyais qu'il s'abstenait de me faire l'amour par respect envers moi. Il me savait fatiguée et tentait de me ménager le plus possible. Cependant, je me demande si je me suis méprise sur ses raisons. Ai-je changé à ses yeux? Peut-être me voit-il et m'apprécie-t-il comme mère, mais plus comme maîtresse? Une chose est certaine: nous ne pouvons plus continuer ainsi. J'ai envie de lui chaque jour, depuis la deuxième semaine suivant l'accouchement. C'était impossible alors, mais ça ne l'est plus aujourd'hui. J'ignore toutefois comment retrouver cette complicité, cette passion.

Peut-être devrais-je commencer par me rendre plus désirable? Pas pour lui autant que pour moi... Chaque fois que j'ai l'intention de faire les premiers pas, je manque de courage. Je me sens mal dans ma peau, maladroite, incertaine. Il est vrai que je me suis laissée aller et que mon apparence est plutôt négligée. Un bon début serait sans doute de m'habiller de façon plus coquette; un peu de maquillage ne me ferait pas de tort non plus. Depuis quand suis-je allée magasiner? La seule pensée de sortir de cette maison, en traînant avec moi l'énorme poussette double, les couches, les débarbouillettes, les vêtements de rechange, les biberons et tout le reste me décourage. Je dois me reprendre en main et sortir de ma torpeur.

* * *

Ça y est! Les enfants sont en sécurité chez une gardienne et je suis seule... Agonisant devant les choix illimités que m'offre cette journée, j'opte pour un peu de lèche-vitrines et me dirige vers la ville. Il fait beau, c'est le printemps et j'ai le cœur à la fête. Je n'avais jamais réalisé à quel point le simple fait de déambuler lentement dans une rue pleine de boutiques plus attirantes les unes que les autres pouvait être agréable! Dans une lingerie, je me décide finalement à essayer quelques vêtements suggestifs qui pourraient plaire à Louis. Je n'aime pas beaucoup l'image que me renvoie la glace, mais me force quand même à acheter quelque chose. Voilà un pas dans la bonne direction!

La faim me tenaille et je m'arrête à un petit bistro, non loin de là, m'installe confortablement à une table et consulte lentement le menu. Du coin de l'œil, je vois le serveur approcher.

— Bonjour! Vous avez fait votre choix?

Puis, un immense sourire éclaire son visage et il me faut quelques minutes pour le reconnaître. Cette voix me semble familière, surtout lorsqu'elle prononce mon nom:

— Caroline? Comment vas-tu? Dis donc, ça fait une éternité!

Je n'en crois pas mes yeux. Gabriel... Il habitait la maison voisine de la mienne, alors qu'il était adolescent et se tient maintenant devant moi. Nous avons passé plusieurs soirées à refaire le monde, il y a si longtemps. Toutefois, il n'a plus cette gaucherie maladive ni ces boutons disgracieux qui le caractérisaient alors. Que non! Le Gabriel d'aujourd'hui a plutôt l'air d'un jeune dieu. En une fraction de seconde, je calcule que, étant mon cadet d'une dizaine d'années, il doit avoir près de vingt-trois ans. Je lui souris aussi chaleureusement que possible, malgré le choc:

— Gabriel! Eh bien! dis donc, j'aurais besoin d'une échelle pour t'embrasser...

Il se penche vers moi et m'embrasse affectueusement sur les joues. J'apprends qu'il a ouvert ce petit bistro avec un copain, Yannick, grâce à l'héritage que lui a laissé son père. Les affaires marchent assez bien, il est heureux et, selon ses dires, terriblement content de me voir. Son monologue m'a permis de l'examiner et d'analyser les changements survenus chez lui depuis les dernières années. D'abord, il est très grand, mais ça je m'y attendais, puisqu'il l'était déjà à seize ans. Toutefois, la stature est impressionnante, contrastant avec sa maigreur d'antan. Et il est magnifique: un sourire éclatant et d'une spontanéité attendrissante, de grands yeux bruns expressifs, les membres proportionnés et solides, la taille étroite et souple, les jambes si longues... Mais c'est avant tout sa voix qui me fascine. Muait-il quand je l'ai vu pour la dernière fois? Ce souvenir m'échappe et je ne suis pas certaine que j'aurais fait très attention à ce détail à l'époque. Cependant, aujourd'hui, avec son allure de sportif, ce corps splendide et ce visage adorable, la voix chaude et grave ne fait qu'ajouter à son charme. Il n'arrête pas de sourire, et moi non plus d'ailleurs. Puis, il me demande s'il peut se joindre à moi.

— Yannick se débrouillera bien sans moi! Qu'est-ce que tu veux manger?

J'ai à peine le temps de balbutier quelques mots que déjà il se lève, pour réapparaître peu après et s'asseoir devant moi. Nous parlons du passé et de ce qui est advenu de nos vies. Puis, un autre jeune homme nous rejoint, une assiette appétissante dans les mains à mon intention. Gabriel le retient:

— Yannick! reste. Il faut que je te présente Caroline, une vieille connaissance.

— Ah! enfin! J'ai beaucoup entendu parler de toi. Ça me fait vraiment plaisir de pouvoir mettre un visage, et quel visage! sur ce nom avec lequel Gabriel me casse les oreilles depuis tant d'années!

Gabriel est tout rouge, c'est attendrissant. Je me doutais bien qu'il ait été un peu amoureux de moi, à l'époque, et les paroles de Yannick, en plus de confirmer ce doute, me flattent. De nouveau seuls, nous reprenons notre conversation. Gabriel est épatant: il est enjoué, sincère, drôle et possède un rire contagieux. Il finit par me dire:

— Tu sais, Caroline, tu as toujours été spéciale pour moi. J'étais amoureux de toi, à seize ans. Je ne t'en aurais jamais glissé un mot, bien sûr! Mais aujourd'hui, je suis tellement content de te revoir. Tu seras à jamais quelqu'un d'exceptionnel pour moi... et tu es toujours aussi belle!

Là, je crois qu'il exagère. Néanmoins, le plaisir que me procure ce compliment me fait tellement de bien que je joue le jeu. Je le remercie sincèrement, lui avoue qu'il a toujours été et demeurera spécial pour moi aussi et nous finissons par nous quitter sur la promesse de nous revoir très bientôt.

Je retourne, à la fin de cette journée merveilleuse, chercher mes poupons. Ils m'ont manqué, assurément, mais je me sens enfin revivre. Je réalise, tout à coup, que l'univers n'a pas changé, c'est seulement moi qui n'en faisais plus partie! En définitive, je devrais me payer ce genre de sortie plus souvent.

Je tenterai probablement de séduire Louis, ce soir. Je suis heureuse, les compliments de Gabriel et Yannick m'ont été bénéfiques et me font sentir belle. Incroyable, ce que des mots flatteurs peuvent accomplir, surtout quand ils viennent de beaux jeunes hommes qui jouissent sans doute de conquêtes illimitées — plus jeunes et plus minces que moi — ! Avec un peu de coopération de la part de mes petits trésors, peut-être pourrons-nous, Louis et moi, reprendre certaines choses où nous les avions laissées, plus de six mois auparavant?

* * *

Louis n'est pas d'humeur à faire la fête. Dure journée au travail, paraît-il. Je suis déçue, amère, triste. Je n'ai même pas eu la chance de lui démontrer ma nouvelle humeur ou de parader dans ma nouvelle tenue; il est parti se coucher, aussitôt les enfants endormis. Je ne peux m'empêcher de repenser à Gabriel. Peut-être que Gabriel l'apprécierait, lui, que j'aie envie de lui. Peut-être que Gabriel serait excité, lui, à l'idée de disposer de mon corps comme bon lui semble. Et là je visualise Gabriel, nu, dans mon lit. Cette image me semble vaguement défendue mais, après tout, il s'agit d'un jeune homme absolument désirable. J'essaie d'imaginer la sensation que j'éprouverais à me glisser le long de son corps, ses grands bras m'emprisonnant et sa bouche sublime m'embrassant fougueusement. Je le vois effleurer mes seins, les pétrir, les lécher, les mordre. Il caresse mes cuisses de sa large main, les écarte d'un genou impatient. Son poids m'écrase, il me retient les poignets au-dessus de la tête. Puis, il se force un passage en moi, ondulant doucement, et j'enroule mes jambes autour de sa taille. Il me pénètre lentement, comme pour reprendre toutes les années perdues, et un plaisir diffus émane de mon corps. D'un coup de hanches, je me retourne, les bras toujours retenus, et le supplie d'entrer en moi par l'arrière. Il m'obéit et sa verge immense me fait mal, m'emplit. Il saisit mes hanches et m'embrasse le dos, les épaules, caresse mes seins à pleines mains. Je jouis en même temps que lui et, maintenant seule dans mon lit, la main humide et bien calée entre les cuisses, je pense à Louis et me demande ce que je dois faire.

* * *

Quelques jours plus tard, après avoir passé une journée d'enfer avec deux petits diables hurlants et déchaînés, Louis m'apprend qu'il ne rentrera qu'à la fin de la soirée. Incapable de faire face à un autre repas, deux bains et la bataille du dodo, je demande à une voisine de venir à la maison prendre soin d'Amélie et de Thierry pour quelques heures. Elle l'a offert si souvent! Nous allons bien voir à quel point elle était sincère! Elle accepte tout de suite... quel soulagement!

Enfin libre, je marche sans but précis, tentant de découvrir ce que j'ai envie de manger. Mes pas me transportent, sans que je m'en rende vraiment compte, jusqu'au bistro de Gabriel et Yannick. Devant ma mine déconfite, Gabriel m'offre un verre que j'accepte avec plaisir. Cette boisson est délicieuse et je l'avale d'un trait, puis une autre. Je me sens mieux. Ce soir, je m'offre quelque chose de bien, un bon repas en bonne compagnie, et je suis heureuse de voir que Gabriel pourra se joindre à moi. Il apporte une bouteille de vin que nous dégustons en silence, les yeux dans les yeux.

— Caroline, qu'est-ce qui ne va pas?

Confuse, je n'ose pas commencer une conversation qui risque d'être ennuyeuse pour lui. Je suis troublée par le désir qu'il suscite en moi, mais ne m'en sens pas menacée, seulement réconfortée. Ma main entre les siennes, il me regarde attentivement:

— Je suis incapable de te voir malheureuse. Allons, prends encore un peu de vin.

— Je ne suis pas malheureuse, loin de là. C'est simplement que...

Je lui raconte que Louis et moi n'avons pas fait l'amour depuis plus de six mois et que je ne sais plus très bien où j'en suis. Abasourdi, il traite Louis d'imbécile, ajoutant qu'il n'apprécie pas sa chance d'avoir une femme telle que moi qui l'aime et le désire. Il renchérit en disant qu'il donnerait n'importe quoi pour être à sa place. Dieu qu'il me fait sentir féminine, séduisante! Il ne cesse de me dire que je suis belle, attirante, qu'il m'a toujours désirée. Je m'avoue finalement que je le désire aussi, même si ce genre d'écart est absolument hors de question. Au fond, ce fantasme ne fait pas de mal à personne et je sais très bien que je le transférerai sur Louis, dès que j'en aurai la chance. Au moins, je constate que ma libido n'est pas complètement à plat! Je lui rends son sourire, ravageur s'il en est, et il semble comprendre exactement ce que je ressens. Nous continuons à parler de tout et de rien, de sexe et de caresses. Je suis bien, heureuse, épanouie. Curieusement, cette conversation n'est pas lourde, ni déplacée. Je crois que nous réalisons tous deux que nous ne vivrons jamais ce que nous imaginons et que c'est précisément ce qui rend le tout si excitant.

Nous avons terminé la bouteille de vin et je suis un peu soûle. J'ai peine à croire les images lubriques qui me traversent l'esprit. Je lui ferais de ces choses! Et je lis dans ses yeux étincelants qu'il a probablement les mêmes pensées. Il est temps de partir. La marche, jusque chez moi, me fera sans doute le plus grand bien et calmera mes ardeurs... du moins, je l'espère. Gabriel me raccompagne, m'aide à enfiler ma veste. Mais au lieu des baisers inoffensifs qu'il avait déposé l'autre soir sur mes joues, il m'embrasse fougueusement sur la bouche, forçant sa langue dans ma gorge, frottant sa queue durcie contre ma hanche. Comment résister? J'en suis incapable. Aussi, je lui rends son baiser, accentuant la pression sur son entrejambe.

— Je suis con de te laisser partir comme ça. Est-ce que...
— Chut! Ne dis rien, rien du tout.

L'embrassant à nouveau, je me sauve, avant de voir ma volonté faiblir.

Je suis passablement sobre en arrivant chez moi, mais loin d'être calmée. Après avoir fredonné une berceuse à mes petits amours, je les serre tout contre moi et les couche, l'un après l'autre. C'est vendredi, aujourd'hui, et Louis ne travaille pas demain. S'il ne rentre pas trop tard, peut-être pourrai-je profiter de l'état dans lequel Gabriel m'a mise et le prendre d'assaut? Sur cette pensée, je m'installe confortablement dans notre lit.

Nous avons connu tellement de nuits de bonheur, dans ce lit! Je tente de m'accrocher à ces souvenirs, mais la fatigue et le vin bu plus tôt me gagnent. Je m'endors rapidement, sombrant dans un sommeil profond, peuplé de rêves.

Je suis avec Gabriel et nous nous embrassons avec ardeur comme pour transmettre, par nos lèvres seules, le désir qui nous chavire. Chaque fois que nos regards se croisent, je sens mon sexe palpiter, mon ventre l'appeler. Il m'entraîne vers la sortie, fait démarrer sa moto, me tend un casque et nous filons à toute allure. Je m'accroche à lui, écrase ma poitrine contre son dos, glissant mes mains entre ses jambes. Il est dur. Nous sortons de la ville et je n'ai pas la moindre idée de l'endroit où nous allons. Plus rien ne compte. Nous empruntons une route sinueuse et, grisée par la vitesse, je le caresse avec insistance. Puis, le reflet d'un lac se dessine devant et l'engin quitte la route pour suivre un chemin étroit.

Gabriel m'aide à descendre et me guide vers une petite clairière, au bord du lac. Les étoiles brillent, la nuit et l'herbe sont fraîches et douces. Gabriel m'appuie le dos contre un arbre. Il est si grand! Son corps s'écrase contre le mien, ses lèvres me mordent le cou, les oreilles, le visage. Il m'embrasse et je sens mon ventre fondre de désir. Ma culotte est déjà trempée et son membre, à l'étroit dans le pantalon ajusté, est impatient. Je l'en libère et m'accroupis devant lui. Je le désire tant que, lorsque je le glisse dans ma bouche, mon ventre se contracte de convoitise. Je l'engouffre entièrement, léchant et aspirant de tout mon cœur. Mes mains s'emparent de ses fesses, fermes et rondes, les écartant doucement. Je passe la main sous ma jupe et insinue un doigt le long de la fente humide de mon sexe. Ce même doigt, maintenant onctueux, fouille les fesses de mon nouvel amant qui soupire en le sentant glisser en lui. Je l'enfonce ensuite très doucement, agaçant et triturant sa chair et ma bouche use de tout son savoir-faire sur un Gabriel haletant. Il n'en peut plus d'attendre. Me soulevant sous les bras, il me relève, m'aidant à retirer ma culotte. Puis, il me hisse plus haut, m'appuyant toujours fermement contre l'arbre et je me laisse redescendre, les jambes bien ancrées autour de sa taille, sur sa queue maintenant immense, les bras solidement accrochés à une branche au-dessus de ma tête. Je ne peux retenir un cri de bonheur. Je reste là, empalée, et jouis sans la moindre caresse supplémentaire. Les mains de Gabriel empoignent mes fesses et me soulèvent encore, me laissant retomber sur son sexe qui me perce davantage. Il répète le même manège, jusqu'à ce nous empruntions un rythme effréné. L'écorce m'écorche le dos et les fesses. Je gémis et Gabriel me fait lâcher la branche pour me prendre dans ses bras. Il me transporte jusqu'à sa moto sur laquelle je m'appuie lascivement, admirant mon amant et le lac immobile. L'odeur du cuir et de l'essence envahit mes narines, alors que le sexe de Gabriel emplit mon corps. Je le crois sur le point de jouir mais, à ma grande surprise, s'arrête et se retire. Me soulevant de nouveau, il me couche sur la selle de la moto. Ses doigts agiles déboutonnent ma blouse et défont mon soutien-gorge. Mon corps est exposé aux rayons de la lune et à la brise fraîche. Afin de me réchauffer, Gabriel embrasse mes seins et mon ventre, caressant mon sexe palpitant. Son toucher est merveilleux. Merveilleux, parce que différent? Il n'a pas la dextérité de Louis, mais son impatience et son impétuosité compensent largement. Un doigt s'insère, puis un autre, et un troisième. Il souffle sur mon sexe exposé, avant d'y déposer les lèvres, embrassant et léchant avec application. Puis, me relevant les genoux, il enjambe la moto et s'installe devant moi, glissant une nouvelle fois mes jambes autour de sa taille. Sa queue luit sous les étoiles un moment, avant de s'engouffrer dans la chaleur de mon sexe. Il me fait l'amour tendrement, lentement et me soulève doucement, me permettant de glisser les bras autour de ses larges épaules et de m'asseoir sur lui. Je le monte ainsi avec bonheur et il me semble qu'il a encore grossi, qu'il m'emplit davantage. Je ne peux empêcher ma main de me caresser, merveilleux complément à son membre magnifique. Sur le point de jouir, j'accélère la cadence. Puis, tout se met à aller très vite. Gabriel m'empoigne à nouveau sous les fesses et me défonce de plus en plus intensément. Je n'ai plus besoin de me caresser, la friction contre son corps me fait jouir plusieurs fois sans interruption. Quand il explose en moi, je m'écroule dans ses bras, heureuse et comblée.

C'est ce moment-là que Thierry choisit pour hurler à m'en glacer le sang et je me réveille brutalement, le cœur battant la chamade. Avant même de me rendre à la chambre des petits, je remercie Thierry de ne pas avoir hurlé quelques instants plus tôt... et aussitôt Amélie se joint à lui dans une plainte tonitruante. Puis, je vois l'heure: deux heures. Louis n'est toujours pas rentré.

* * *

Il est près de trois heures trente, quand le calme revient. Je doute, cependant, de me rendormir de sitôt. Où est Louis? L'inquiétude me gagne. Comme toujours, lorsqu'il tarde, je m'imagine sa voiture enroulée autour d'un poteau et son corps blessé, gisant sans secours. Aussitôt, la culpabilité m'assaille. En principe, je n'ai rien à me reprocher. Ma conduite avec Gabriel n'a été reprochable qu'en rêve et je ne peux tout de même pas contrôler mes rêves! N'empêche que le dernier baiser, au bistro, n'avait rien d'innocent. Je sais que ces pensées sont totalement déraisonnables, mais ne peux les réprimer. Ce que je viens de vivre dans mon sommeil avec Gabriel était si intense, si passionné, si merveilleux... aussi merveilleux que plusieurs nuits passées avec Louis. Je me sens affreusement mal. Je dois faire quelque chose, et très bientôt, sinon Louis et moi nous éloignerons l'un de l'autre inexorablement.

La porte d'entrée vient de s'ouvrir; Louis se hâte vers la chambre. Voyant que je suis éveillée, il se précipite dans mes bras. Il pleure. Il sent l'alcool et la fumée de cigarette. Sa tête est chaude. Il m'embrasse le cou, s'accroche à moi, me murmure qu'il m'aime. Il me supplie de ne pas le détester et m'explique que, devant notre éloignement qu'il ressentait aussi cruellement que moi, il avait eu besoin de se retrouver un peu seul. Il était allé dans un bar et s'était soûlé, en réfléchissant à notre problème. Une femme avait tenté de le consoler — une très belle femme, selon ses dires — et cette seule constatation qu'il était désirable lui avait fait du bien.

Comment lui en vouloir? S'il savait que la même chose m'était arrivée avec Gabriel! Je le serre contre moi, lui disant que je l'aime plus que jamais, que tout ce dont nous avons besoin est d'un peu de temps, seulement pour nous. Il me regarde de ses yeux si beaux, malgré leur rougeur du moment, et m'embrasse passionnément. Sous la fougue de ce baiser, je sens mon corps réagir et s'ouvrir tout entier à lui. Soudainement, plus rien ne nous sépare et je serais prête à parier que les petits nous laisseront tranquilles, cette fois.

Louis aussi réagit et son sexe brandi semble vouloir percer son pantalon. Nous nous déshabillons mutuellement à la vitesse de l'éclair et nous retrouvons enfin, nus et ensemble, vibrant d'un désir des plus ardents. Louis est déchaîné, je ne le reconnais plus. Il m'écrase sous lui, m'embrasse presque avec violence, sa barbe m'égratigne le visage. Il me broie littéralement, bloquant mes mouvements, privant mon corps de sa mobilité. L'impétuosité de son désir me rassure, m'enchante, m'excite et nous nous retrouvons bientôt ancrés l'un à l'autre, le sexe de Louis profondément enfoui dans mon ventre, et la sensation est merveilleuse.

Soudainement, il se calme. Comme s'il arrivait à la fin d'une recherche épuisante, il s'apaise, m'embrasse amoureusement et s'insinue dans mon corps avec davantage de douceur. Je ne sais comment décrire le plaisir et le bonheur qui m'envahissent tout autant que sa queue, sa queue qui me manquait tant! Ses gestes sont maintenant langoureux, attentionnés, emplis de tendresse. Il m'embrasse la gorge, les paupières, les lèvres, le front, lèche délicieusement mes épaules et mes seins, ses mains me chatouillent les aisselles, les côtes, emmêlent mes cheveux... Mais tout ça ne dure qu'un instant. Déjà, il se raidit, s'éloigne un peu de moi pour me laisser déposer les jambes sur ses épaules. Sachant que cette position le fera jouir très vite, je tente de me relever. Toutefois, il me repousse, laissant mon corps retomber contre les oreillers et s'enfonce en moi avec véhémence, ses hanches cognant contre mes fesses avec de plus en plus d'ardeur.

À l'encontre de mes espoirs, c'est cet instant que choisit Amélie pour s'éveiller de nouveau, son cri perçant tirant Thierry d'un sommeil profond. Louis ralentit à peine. Il fait la sourde oreille et m'interroge du regard, mais je demeure impassible. Oserons-nous les laisser pleurer un moment? Quelques secondes passent et les cris des jumeaux prennent davantage d'ampleur. Louis accélère, m'attirant contre lui avec plus de force chaque fois et finit par se répandre en moi. Il m'étreint à peine un instant et me quitte, veillant au bien-être de nos enfants.

Déçue de la tournure des événements qui semblaient prometteurs, je suis toutefois heureuse de voir que la passion est toujours bien vivante entre nous. Une nuit, une seule nuit d'amour et de tranquillité saura tout arranger. Bien que bref, cet épisode m'a redonné l'espoir que notre couple surmontera cette période mouvementée et que nous en sortirons plus unis que jamais.

Cette perspective me soulage et me rend si heureuse que je m'endors sans même offrir mon aide à Louis.

* * *

Nous avons commencé à tout planifier dès le lendemain: notre première escapade amoureuse en six mois. Nous passerons probablement ces deux jours à nous inquiéter de nos enfants, à nous demander si tout va bien avec la voisine qui a accepté avec plaisir de les garder durant notre absence, mais peu importe. Louis s'occupe de la réservation d'hôtel. Il a été convenu que nous partirions le jour de mon anniversaire, pour un lieu que Louis garde secret jusqu'à notre arrivée. Ça me laisse amplement le temps de me consacrer aux préparatifs. Il m'a seulement dit que je raffolerais de l'endroit: très champêtre, sans aucune attraction touristique ou autre distraction. Notre emploi du temps? faire l'amour jusqu'à épuisement total et ensuite, dormir jusqu'à ce que nous ayons encore envie de faire l'amour. Voilà qui me plaît!

Je suis complètement exaltée par la promesse de cette escapade. Rien ne viendra gâcher ces quelques jours de réclusion: pas de pleurs, de couches à changer ou de biberons à préparer ni de téléphone obligeant Louis à travailler le soir. Chaque jour écoulé avant le départ est une véritable torture. Je ne cesse de penser à Louis, à tout le plaisir que je lui procurerai et qu'il ne manquera pas de me rendre. Moite de désir pour lui, j'imagine un lit aux draps défaits, nos deux corps voguant au rythme de notre jouissance. Chaque fois que je le vois, en train de se raser, de s'habiller ou alors qu'il vient de mettre les petits au lit, je n'ai qu'une envie: lui arracher son pantalon et le plonger en moi. Je veux le rendre fou de plaisir, le subjuguer, le faire hurler de désir. J'ai peine à me retenir de le plaquer contre un mur ou sur la table de la salle à manger et de l'aspirer au plus profond de mon ventre, bondissant sur lui avec toute la fougue et la passion que je possède.

J'en suis tellement obsédée que j'ai du mal à dormir. Il reste trois nuits avant le matin de notre départ et je suis seule dans mon lit, espérant Louis qui travaille encore tard. Peu importe! il ne perd rien pour attendre!

L'avant-dernière nuit, je suis frénétique. Je vérifie que j'ai bien pensé à tout, prévu toute éventualité. Je me démène comme une lionne en cage, à tel point que j'en ai mal à la tête et me sens fiévreuse.

La dernière nuit est la pire de toutes. Je tourne et me retourne dans le lit, n'arrivant pas à trouver une position confortable pour dormir. Je me croirais presque en train de développer de l'urticaire, tellement j'ai hâte au lendemain!

Et au réveil du grand jour, lorsque j'ouvre les yeux et réalise que c'est aujourd'hui que nous allons enfin pouvoir reprendre le temps perdu, je suis heureuse. Je me sens terriblement séduisante et d'une humeur aguicheuse. Je décide que le trajet qui nous sépare de notre retraite ne sera pas de tout repos pour mon amant: je porterai une robe minuscule, des chaussures à talons hauts et lui rendrai la vie dure. Je suis prête à tout... mais pas aux répugnants boutons rouges qui me recouvrent le corps entier et me démangent de façon épouvantable. Ma mère aurait-elle omis de me dire que je n'ai jamais eu la varicelle?

UN CHAUD LAPIN

Frédéric se réveilla en sursaut. Un de ces réveils brutaux, comme lorsqu'un cauchemar nous tenaille et qu'on a l'impression d'y avoir échappé belle: sueurs froides, boule au creux de l'estomac, sensation qu'une catastrophe épouvantable est sur le point — ou vient tout juste — de se produire; le cœur qui bat à un rythme effarant, la poitrine dans un étau. Bref, un réveil atroce. Il tenta de se relever d'un bond, mais en fut incapable.

«Mais, qu'est-ce qui se passe?» Il remarqua alors le tube émergeant du dessus de sa main et l'horrible «bip, bip» d'une machine à son chevet. Il tenta de comprendre ce qui lui arrivait. Cependant, ses souvenirs émergeaient seulement par bribes floues. Il voyait bien qu'il se trouvait à l'hôpital, mais ne sut pas tout de suite comment ou pourquoi il y était arrivé.

Frédéric fit abstraction de la panique initiale et des multiples questions qui assaillaient son esprit et se rendit à l'évidence: mis à part son nom, il ne savait pas grand-chose. Il se rappelait vaguement de cette chambre, pour s'y être déjà éveillé — une heure, une journée, une semaine auparavant? — et d'un médecin qui l'avait examiné. Il se souvenait aussi avoir tenté d'expliquer à ce même médecin qu'il n'avait que des réminiscences. Celui-ci l'avait examiné plus en profondeur, n'avait rien décelé d'anormal et lui avait dit que sa mémoire reviendrait sans doute progressivement. «Vous avez reçu un coup sur la tête... il faut bien s'attendre, dans ces cas-là, à quelques séquelles. Vous êtes jeune, en santé, je ne crois pas me tromper en vous affirmant que le problème se réglera de lui-même d'ici quelques jours.» «Hum! un coup sur la tête...»

Frédéric tenta de revoir un détail, fut-il fugace de l'accident. Rien. Que d'autres paroles du médecin lui apprenant que c'était une voisine qui avait appelé l'ambulance après qu'il soit tombé, chez lui, en bas d'une échelle, vraisemblablement en coupant les branches d'un arbre. Il avait été chanceux, paraît-il. Pas d'os de brisé, ni de problème majeur, à l'exception d'une entorse au poignet et d'une amnésie enrageante. Bien sûr, il était reconnaissant du fait qu'il ne se soit pas blessé plus sérieusement et qu'il ne ressente aucune réelle douleur. Il se plaignait, toutefois, d'un engourdissement au niveau des fesses et de quelques contusions. Son bras droit, immobilisé dans un plâtre à cause de l'entorse, ne lui occasionnait pas le moindre élancement, du moins pour le moment. Le gauche, maintenant orné d'un gros pansement, n'était pas mal non plus s'il le gardait immobile. Il s'empressa de faire bouger ses jambes pour s'assurer que tout allait toujours bien de ce côté-là et voulut se lever, mais retomba mollement sur son lit, étourdi et plus confus que jamais. Sa vision se brouilla et il ferma les yeux, tentant de faire passer le vertige. Et malgré ses multiples interrogations et l'angoisse sourde qui le tenaillaient, il sombra avec gratitude dans un sommeil lourd qui, il en était certain, lui procurerait dès le réveil la réponse à toutes ses questions.

* * *

Son second réveil fut ponctué par la voix joviale du médecin qui ouvrait énergiquement les stores de sa chambre d'hôpital pour laisser pénétrer un soleil pâlot de fin d'après-midi. Frédéric s'empressa de chasser les brumes du sommeil, réalisant avant même d'être totalement éveillé que sa mémoire n'était toujours pas revenue. Il savait s'appeler Frédéric, sans plus. En revanche, il se portait beaucoup mieux. Après quelques instants, il put se rendre compte que la nausée et le vertige qui l'avaient assailli précédemment s'étaient évanouis. Il avait les sens en alerte, se sentait en assez bonne forme et il avait faim. Terriblement faim. Il s'éclaircit la gorge et s'adressa au médecin:

— Depuis combien de temps suis-je ici?

— Bien... ça fait maintenant deux jours que vous passez avec nous. Vous êtes arrivé lundi en fin d'après-midi, et nous sommes mercredi. Vous avez pratiquement dormi tout le temps... Hier, vous êtes resté éveillé environ une demi-heure, mais c'est tout. Vous vous en souvenez peut-être vaguement? Nous allons retirer cette intraveineuse, vous n'en aurez plus besoin et je vais pouvoir vous examiner. Vos bras vous font-ils souffrir?

— Pas vraiment. Enfin, rien du côté gauche et des tiraillements du droit, quand j'essaie de le bouger, mais c'est tout.

— Très bien. Vous êtes tombé d'assez haut, c'est presque un miracle que vous vous en sortiez avec si peu de dommages! Bon. Maintenant, comment vous appelez-vous?

— Frédéric... Buissonneau.

— Où habitez-vous?

Frédéric fit une pause. La réponse semblait attendre, juste sur le bout de sa langue, se refusant à franchir ses lèvres. Il fronça les sourcils, mais aucune image ne lui apparut concernant son lieu de résidence.

— Je n'en ai pas la moindre idée. Vous avez mes papiers?

Le médecin lui remit un portefeuille que Frédéric ne

reconnut pas. Il en examina le contenu et ressentit une étrange sensation. La photo qui ornait son permis de conduire et tous les autres renseignements qui y figuraient semblaient appartenir à quelqu'un d'autre, une personne qui lui était totalement inconnue. Le médecin lui tendit un miroir et Frédéric constata qu'il était bien l'homme de la photo. Il lut les papiers avec intérêt et apprit qu'il était âgé de trente-huit ans, n'était pas marié, n'avait aucune maladie, qu'il acceptait de donner ses organes en cas de décès, qu'il possédait plusieurs cartes de crédit, une voiture et un carnet de chèques et qu'il habitait dans une rue tranquille de la banlieue.

Frédéric savait tout ce que ces choses représentaient, connaissait le voisinage où il habitait, saurait sans doute s'y rendre en voiture; il pouvait dire en quelle année, quel mois, dans quelle ville et quel pays il se trouvait... mais n'arrivait pas à se souvenir de l'accident ni de rien d'autre le précédant. Apparemment, il était célibataire. Soit. Mais avait-il une petite amie? Ses parents vivaient-ils toujours et qui étaient-ils? Avait-il de la famille habitant dans les alentours? Qui étaient ses amis? Quel métier pratiquait-il? Il questionna de nouveau le médecin:

— Est-ce que quelqu'un m'a rendu visite? Une petite amie, un frère, un collègue?

— Personne n'est encore venu et il n'y a que votre voisine, l'infirmière, qui vient régulièrement aux nouvelles. Attendons encore jusqu'à demain et, si votre mémoire n'est toujours pas revenue, nous lui demanderons de venir vous voir. Peut-être cela déclenchera-t-il quelque souvenir.

Le médecin compléta son examen et le quitta, promettant de lui faire apporter à manger. Une fois seul, Frédéric s'examina longuement dans la glace. Un homme jeune, assez bien de sa personne malgré la pâleur du visage et les profonds cernes sous les yeux qu'il attribua aux circonstances, se tenait devant lui. Il leva son bras le plus mobile et l'examina, puis fit l'inventaire de ce corps à la fois étrangement inconnu et vaguement familier. Il sembla satisfait de ce qu'il voyait: main large, bras solide, les jambes avaient l'air longues et bien faites, le ventre plat; les pieds un peu longs, mais c'était un moindre mal. Puis, il entrevit son membre intime dont les proportions lui plurent énormément. «Je ne sais pas qui je suis mais, au moins, tout est à sa place!» se dit-il. «Reste à voir qui profite normalement de cet engin!» Ainsi que le médecin l'avait promis, on lui apporta à manger. La jeune femme qui déposa le plateau devant lui était vraiment très jolie: un peu ronde, les joues ornées d'adorables fossettes et un sourire éclatant. Le stéthoscope qu'elle portait lui donnait l'allure d'une petite fille jouant au médecin. Son uniforme ajusté laissait deviner de petits seins pointus et de charmantes fesses bien rondes. Frédéric fut assailli par un sentiment de déjà-vu puissant et se demanda, plein d'espoir, s'il connaissait cette adorable personne avant son accident.

— Alors, comment se porte le plus mignon patient de l'étage?

Frédéric rougit un peu, flatté:

— Ça ne va pas si mal, malgré les circonstances... Pardonnez-moi, mais j'ai vraiment l'impression de vous avoir déjà rencontrée quelque part. Est-ce qu'on se connaît?

— Ça n'est pas très original comme question! Mais non, je ne crois pas qu'on se connaisse, du moins pas intimement. Nous nous sommes peut-être déjà croisés quelque part, nous n'habitons pas une très grande ville! Allons, je prendrai seulement quelques minutes pour m'assurer que tout va bien. Je sais que le médecin vient de vous examiner, mais je vais vérifier votre plâtre et votre pansement et prendre votre température. Après, vous pourrez manger. Vous devez être affamé!

— Je dois avouer que je mangerais un bœuf, en ce moment. Mais prenez tout votre temps...

Elle déposa un thermomètre dans la bouche de Frédéric

et s'approcha du bras plâtré. Elle massa délicatement les doigts qui en émergeaient, puis lui fit étendre le bras, afin d'examiner le haut du plâtre. Sa main était ainsi appuyée contre la taille de la jeune femme. Son corps était chaud et ferme, son toucher caressant. La situation en soi n'était pas vraiment érotique, cependant Frédéric ne put s'empêcher d'être excité par ce corps si près du sien et la beauté saisissante de la jeune femme. Il ne porta plus attention à ce qu'elle faisait, jusqu'à ce que sa main soit appuyée, non plus sur la taille de la jeune femme, mais tout contre son sein. Un sein menu bien que ferme, semblable à celui d'une adolescente. Son membre honorable choisit ce moment pour se manifester en une érection éclair et Frédéric rougit furieusement. L'infirmière le remarqua, mais fit mine de ne pas s'en soucier. Le patient se concentra intensément pour interdire à ses doigts de se refermer sur cette chair si tentante, mais c'est plutôt la jeune femme qui pivota légèrement, feignant de tenter d'attraper quelque chose sur la table de chevet. La main de Frédéric se retrouva bien malgré son propriétaire à entourer ce merveilleux petit sein, à en sentir le mamelon se dresser subitement. Il aurait tant aimé déboutonner cet uniforme contraignant et les palper, les deux à la fois, goûtant cette peau qui semblait si douce!

— Donc, mis à part les petits bobos et la mémoire, ça va?

— Ou... oui...

— Pas trop de courbatures d'avoir été si longtemps couché?

— Un peu, surtout les fesses...

— Laissez-moi vous aider à vous asseoir, ce sera plus confortable. Quand vous aurez mangé, je vous aiderai à vous lever.

Elle passa une main sous les épaules de Frédéric et le souleva doucement. Puis, elle lui frictionna le bas du dos, palpant les muscles et les os endoloris. Frédéric sursauta quand elle frotta un peu fort sur le côté de sa hanche et elle releva le drap pour découvrir une ecchymose à la teinte jaunâtre. Il n'avait ressenti aucune douleur de ce côté, jusqu'à ce que la charmante infirmière y touche. Elle s'excusa et leva davantage le drap pour apprécier l'étendue des dégâts. Rien de bien grave, tout compte fait. Toutefois, en jeune professionnelle compétente, elle saisit l'occasion de voir de plus près et plus longtemps un autre organe qui était, celui-là, très en forme. Elle lui tâta les os du bassin, sous prétexte de vérifier le bon fonctionnement de l'articulation, puis glissa doucement ses doigts sur sa peau, jusque sous ses fesses. Frédéric pouvait sentir sa queue palpiter ; il en était gêné, mais n'y pouvait absolument rien. Cette caresse — simple travail d'une infirmière particulièrement attentive au bien-être de ses patients ? Il n'en était plus si sûr ! — était irrésistible. Elle lui demanda d'écarter les jambes, afin d'être certaine que tout allait bien et continua son massage, faufilant ses mains de la taille de Frédéric à son ventre, les mains se séparant à nouveau pour saisir le pubis et s'insinuer entre les jambes, effleurant au passage deux valseuses prêtes à danser toute la nuit. Puis, elle écarta les doigts et lui frotta les cuisses si légèrement qu'une plume n'aurait pas été plus palpable.

Elle se releva finalement et Frédéric en fut triste et soulagé. Il espérait ardemment qu'elle revienne vérifier son état, dans quelques heures.

— Vous voulez que je vous aide à manger ? Ce n'est pas toujours facile, avec la main gauche, surtout que votre bras doit être un peu sensible...

Frédéric allait refuser, mais prit plutôt un air piteux pour lui signifier qu'il appréciait son offre. Elle lui fit face et l'aida à manger avec une douceur presque maternelle. Entre chaque bouchée, Frédéric se demandait s'il était en train de tomber amoureux de cette si charmante personne. Il se plaisait à être vulnérable et accepterait bien de passer de nombreux jours à la laisser prendre soin de lui! Il n'arrivait pas tout à fait à calmer son érection, qui diminuait momentanément pour s'engorger de nouveau, aussitôt que l'infirmière — Annie, n'était-ce pas le plus beau prénom de l'univers? — lui souriait.

Elle le nourrit lentement, s'assurant de lui donner suffisamment de temps après chaque bouchée pour bien mastiquer et avaler, bavardant de tout et de rien de sa voix chantante. Frédéric était subjugué, mâchant sa nourriture par automatisme, ne goûtant rien de ce qu'il avalait, tellement il préférait admirer chaque détail de son magnifique visage, écouter son rire cristallin, observer ses lèvres souriantes. Le repas terminé, elle avoua qu'elle avait passé un peu trop de temps avec lui et qu'elle devait s'occuper de ses autres patients. Elle l'aida à se lever, à marcher un peu autour de la chambre, puis le quitta.

* * *

Réinstallé dans son lit, en cette fin de journée, Frédéric sentait ses forces lui revenir. En repensant à son dernier repas, il se demandait s'il aimait généralement tout ce qu'il avait englouti. La façon dont il avait été nourri était suffisante pour lui faire avaler n'importe quoi! Il ne pouvait s'empêcher de songer à Annie et, chaque fois que des pas s'approchaient de sa chambre, son cœur battait plus fort, s'attendant à la voir entrer d'un instant à l'autre. Et, d'anticipation, son membre se gonflait subitement, soulevant le drap qui le recouvrait.

Puis, le téléphone sonna. Surpris, Frédéric ne savait pas s'il devait répondre ou non. Néanmoins, la curiosité l'emporta et il saisit l'appareil, impatient d'entendre une voix qui lui serait peut-être familière.

— Frédéric! C'est moi, maman!

— Heu... bonjour.

— Ça va? Rien de cassé? Écoute, je suis en Floride avec Larry. Tu veux que je rentre? As-tu mangé? As-tu dormi? Quelqu'un est venu te voir? Où est ton père? Qu'est-ce qui est arrivé? Mais RACONTE!

Frédéric demeura silencieux. Si c'était vraiment sa mère, rien dans ce ton impérieux, presque hystérique et épuisant ne lui apprendrait grand-chose. Il tenta de lui expliquer que tout était confus dans sa tête:

— Écoutez... écoute, maman. Tout ce que je sais, c'est que j'ai reçu un coup sur la tête. Je ne me souviens plus de rien...

— QUOI! Tu as reçu un coup sur la tête! Je savais bien que je n'aurais jamais dû te laisser partir de la maison. Tout ça est de la faute de ton père! Mais qu'est-ce que tu fabriquais, au juste? Tu es tombé comment? Tu as mal?

— Je t'ai déjà dit que je ne me souvenais plus de rien... j'ignore ce qui est arrivé...

— Mais voyons, c'est impossible! Tu ne peux pas tout avoir oublié comme ça! Même moi? Tu ne te souviens plus de moi? Allez, tu me fais marcher! Je reviens tout de suite. Larry et moi serons là très bientôt, tu...

— Ce n'est pas la peine! Ça va...

— Tu essaies de m'éloigner encore! Je suppose que toutes tes petites amies sont là pour te soigner, mais je suis ta mère et tant que je...

— Personne, il n'y a personne. Qui est ma petite amie?

— Tu veux dire laquelle? Mon petit Frédéric! Tu me racontes toujours que tu en as tellement que tu n'as plus le temps de me les présenter! Est-ce que je sais, moi, qui est ta véritable petite amie? Je ne suis que ta mère!

— Oh...

Frédéric était découragé. Cette femme lui donnait mal à la tête. C'était *ça*, sa mère, cette femme si bavarde qu'elle ne lui laissait pas placer un seul mot et qui ne semblait nullement comprendre le sens des quelques paroles qu'il avait pu prononcer? Il n'avait pas le courage de soutenir cette conversation plus longtemps.

— C'est ça, maman, on se verra quand tu reviendras. D'accord?

— Oui, c'est ça. Je t'embrasse et tâche de prendre soin de toi! Je te promets que j'arrive dès que possible! C'est trop fort! Mon propre fils que ne se souvient plus de sa maman chérie... Tiens bon, j'arrive!

Frédéric aurait juré qu'elle allait se mettre à pleurer. C'était bien ce dont il avait besoin! Il lui dit qu'il l'embrassait aussi et qu'il avait hâte de la voir, ce qui n'était pas exactement un mensonge. Puis, il raccrocha et se remémora les paroles de sa mère. Il avait cru comprendre que le Larry en question n'était pas son père. Mais en quoi son père serait-il responsable de son accident et qui était ce Larry? Quel cauchemar!

En revanche, il avait, paraît-il, tellement de petites amies qu'il ne se donnait plus la peine de les présenter à sa mère! Eh bien! d'après ce qu'il venait d'entendre, ce n'était pas étonnant! Peut-être était-il l'un de ces célibataires qui passaient leurs week-ends avec une conquête différente chaque semaine? Cette idée lui plaisait bien. Et d'ailleurs, Annie ne l'avait-elle pas qualifié de «mignon»? Voilà qui était encourageant! Et si sa mère disait vrai, il aurait sûrement la visite de l'une ou l'autre de ses petites amies, tôt ou tard. Peut-être n'avaient-elles pas encore appris la nouvelle...

Ceci lui mit du baume au cœur et, devant son incapacité à se souvenir de quoi que ce soit, Frédéric entreprit de plutôt déduire, avec le peu d'indices qu'il détenait, le genre d'homme qu'il était. Il ne savait toujours pas quel métier ou occupation il pratiquait et ce détail l'agaçait. Le fait qu'il se soit trouvé dans une échelle au moment de l'accident ne fournissait aucune piste. Cependant, s'il habitait seul dans une maison de banlieue, il devait être assez à l'aise et donc exercer une profession ou, du moins, un métier bien rémunéré. Il fouilla de nouveau son portefeuille, cherchant une carte de compétence comme en détiennent certains techniciens ou spécialistes, ou alors une carte d'affaires, la sienne, ou celle d'un collègue ou d'une connaissance. Mais le portefeuille ne contenait rien d'autre que les pièces d'identité qu'il avait déjà consultées.

Il passa le reste de la soirée à attendre des visiteurs qui ne vinrent pas, à espérer retrouver la mémoire qui ne se manifesta pas, à souhaiter retourner chez lui afin d'en apprendre davantage. Cependant, le médecin s'y objecta, préférant le garder sous observation encore un jour ou deux.

Il passa une nuit agitée, se réveillant à plusieurs reprises. Sans doute le va-et-vient de l'hôpital: sonnettes, chariots aux roues grinçantes, appels au micro. Il croyait se souvenir que, quelque temps auparavant, on était venu prendre sa température, mais il n'en était pas certain. Il flottait dans une espèce de brouillard peuplé des paroles de sa mère, des observations du médecin et du souvenir d'Annie, sa jolie infirmière. Il rêva à elle sans savoir s'il était réellement endormi. Il sentait son parfum, la douceur de sa main, alors qu'elle glissait sur sa hanche. Il revoyait ce sourire irrésistible, ces fossettes attendrissantes, la forme des petits seins fermes sous l'uniforme. Il banda de nouveau dans son sommeil et c'est à ce moment-là qu'Annie revint dans la chambre, visitant son patient une dernière fois avant la fin de son quart de travail. Silencieusement, ses talons caoutchoutés se glissèrent jusqu'à son lit. Elle rabaissa le drap le recouvrant, désirant examiner de nouveau l'ecchymose. Toutefois, son examen fut interrompu par la vue du mât qui se dressait fièrement vers son visage. Ne pouvant résister, elle tendit une main timide. Comme il était dur et chaud! Sa main si délicate glissa lentement le long de la queue offerte.

161

Elle avait tellement envie d'y goûter! Frédéric gémit dans son sommeil. Quel rêve agréable! C'était justement à elle qu'il pensait; il la voyait se pencher doucement sur lui. Sa main continua de le caresser un peu plus fermement et ses lèvres magnifiques se refermèrent sur le gland reconnaissant. Elle le lécha lentement, savourant la petite goutte de semence qui jaillit, témoignant de l'excitation de son propriétaire. Elle accéléra subtilement le mouvement de sa main, puis y joignit la deuxième qui effleura la bourse de Frédéric, un doigt glissant délicatement et savamment autour des testicules gonflés. Elle ne devait pas en être à sa première queue! Sa bouche exerçait juste ce qu'il fallait de délicieuse succion, alors que sa salive onctueuse réchauffait davantage son membre brûlant, tout en lui permettant de glisser plus fluidement au fond de la gorge gourmande. Frédéric sentit alors qu'il allait jouir. Au même moment, la porte de la chambre s'ouvrit et l'infirmière sursauta; elle se releva à la vitesse de l'éclair et s'exclama, à l'intention de sa collègue:

— Ça devrait aller, j'ai terminé!

Et elle quitta sa chambre à grands pas. Frédéric s'éveilla alors, bandé comme un cheval, se demandant s'il avait rêvé ou pas. Ce qu'il savait, cependant, c'est que ce qu'il venait de vivre — rêve ou réalité — continuait de l'exciter sauvagement. Il s'apprêtait à s'emparer de son membre si alerte avec sa main gauche, malgré la douleur qui se répandit le long du bras, mais se rendit compte qu'il était déjà trop tard. Une chaude giclée se répandit sur sa cuisse, avant même que sa main puisse l'atteindre. Soulagé mais frustré, et vaguement inquiet de la façon et de la rapidité avec laquelle son membre s'était échappé, il finit par se rendormir en priant son cerveau de collaborer pour qu'à son réveil, sa vie soit redevenue aussi normale qu'avant l'accident.

* * *

Frédéric s'éveilla tôt. C'était le brouhaha, malgré l'heure matinale et les chariots du petit déjeuner semblaient faire une course dans les couloirs. Une dame d'un certain âge lui apporta son plateau et il se contenta de le regarder, tentant de remettre ses idées en place. Il était vaguement déçu de ne pas revoir Annie, sa charmante infirmière de la veille... mais elle n'était pas, à l'évidence, en devoir vingt-quatre heures sur vingt-quatre! Il ne se sentait, de toute façon, pas très reluisant. La barbe qui envahissait son visage le démangeait terriblement et il y avait cette ecchymose, sur la hanche, qui lui rappelait sans cesse la belle Annie, envoyant à sa queue de petits soubresauts de désir. Il trouvait étrange, dans sa condition, de passer plus de temps à penser à une parfaite inconnue, aussi jolie soit-elle, qu'à son propre sort. Il n'était pas plus avancé sur les subtilités de sa personnalité, de sa vie professionnelle et des circonstances de son accident qu'il ne l'était la veille. Néanmoins, l'anticipation de nouvelles attentions de sa jolie infirmière lui faisait oublier complètement tout le reste, reléguant sa vie antérieure à un statut mineur. «Je dois être un chaud lapin, alors, pour que je ne pense qu'à ça!»

Il s'attendait à ce que l'infirmière qui lui avait apporté son plateau vienne lui offrir de l'aider à manger... d'autant plus qu'il s'agissait de céréales chaudes qu'il aurait du mal à acheminer à sa bouche avec la main gauche. Il attendit, attendit davantage. Il devint clair qu'on l'avait abandonné à son sort. Frédéric souleva la cuillère de sa main libre et réussit à la tremper dans le bol et à l'amener jusqu'à ses lèvres. La douleur, dans son bras, s'accentua et le peu qui restait dans la cuillère à son arrivée à destination le frustra. Il essaya de nouveau, pour obtenir des résultats désastreux, ne réussissant qu'à vider lentement son bol sur le lit et à accentuer la douleur jusque là sourde de son bras. Au bout d'un moment, il abandonna, se contentant des morceaux de fruits et d'une gorgée de café tiède.

Le médecin entra dans sa chambre sans frapper.

— Comment vous sentez-vous, aujourd'hui?

— Oh! vous savez...

— Toujours rien, hein? J'ai demandé à un collègue neurologue de venir vous voir. Nous en sommes au troisième jour et je suis étonné de constater si peu de progrès. Ce n'est toutefois pas alarmant! On a déjà vu des cas d'amnésie comme le vôtre durer beaucoup plus longtemps. Mon confrère devrait venir un peu plus tard.

— Parfait! Les journées sont longues, ici, quand on ne se sent pas vraiment malade!

— Et moi qui croyais qu'Annie avait bien pris soin de vous. Je lui avais demandé d'être particulièrement attentive, durant la soirée, lui expliquant que vous vous sentiez un peu «perdu». Je serais déçu qu'elle ait ignoré ma faveur...

— Oh! non... enfin, je veux dire, elle a été très gentille!

Frédéric détourna le regard, de peur que l'homme l'interroge davantage sur l'effet qu'avait eu Annie sur lui. Le médecin enchaîna:

— Et vous êtes vraiment chanceux parce que ce matin, du moins pour encore une heure, c'est Gloria qui est sur votre étage.

— Gloria? Qui est-ce?

— Une infirmière qui alimente les conversations de tout l'hôpital. Mais vous verrez bien...

Pour voir, il vit. Elle fit irruption dans sa chambre, apportant avec elle un parfum envoûtant. Elle était l'image parfaite de la beauté latine: grande, mince, avec des seins volumineux, des hanches généreuses, une taille minuscule et des jambes à n'en plus finir. Le teint sombre, les cheveux noirs cascadant en boucles lâches jusqu'aux reins et d'immenses yeux noirs. Et une bouche... une bouche sublime aux lèvres charnues recouvrant des dents si éclatantes que Frédéric fut ébloui. Qu'elle était belle! Il comprit instantanément comment une telle femme pouvait alimenter les conversations d'un hôpital au complet! Et une fois de plus, il eut ce sentiment de l'avoir déjà vue quelque part, de la connaître, de près ou de loin. Cependant, ne voulant pas avoir l'air idiot en lui posant la même question qu'à Annie, il préféra attendre la suite. Gloria s'approcha, souriant chaleureusement et lui flatta la joue de ses longs doigts sensuels.

— Comment va notre petit chéri, aujourd'hui? Annie m'a dit que tu étais mignon, gentil et docile, comme je les aime!

— Je vais... je vais bien, merci.

— Tu verras, Gloria s'occupera bien de toi, ce matin. Nous n'avons pas beaucoup de temps pour faire connaissance, avant que je te laisse aux bons soins de mes collègues pour la journée. Enfin, c'est la vie! Et Annie sera sans doute de retour à la fin de la journée. J'ai au moins eu la chance de veiller sur toi cette nuit et te regarder dormir. Un vrai ange! Tellement que je vais t'offrir quelque chose que nous ne faisons pas normalement. Nous pouvons faire une exception, parce que nous aimons bien le docteur qui s'occupe de ton cas et que tu es adorable. Il faut bien traiter nos patients préférés! Alors voilà... je t'aiderai à te rendre présentable, te raser et te nettoyer un peu. Mais d'abord, tu dois manger. Sinon, tu ne guériras pas! Allez, mange!

Incrédule, Frédéric n'osa pas contrarier cette femme superbe et autoritaire. Se sentant comme un écolier, il mangea les céréales maintenant froides qu'elle déposait lentement, en toutes petites bouchées dans sa bouche. Elle aurait pu lui faire avaler n'importe quoi, de cette façon-là! Chaque fois qu'il refermait les lèvres sur une bouchée de céréales, elle lui essuyait la bouche d'un doigt léger, s'attardait un peu, puis le retirait délicatement. Sa peau était fraîche et douce, d'une sensualité palpable. Et ce n'était qu'un doigt! En bon garçon, Frédéric but le verre de jus maintenant tiède qu'elle lui avait tendu et termina aussi l'insipide café en le buvant à la paille.

Satisfaite, Gloria le débarrassa de son plateau et revint, quelques minutes plus tard, avec une grande pochette.

— Voilà, nous avons tout ce qu'il faut pour te remettre à neuf. Et j'ai tout mon temps, tu es mon dernier patient, aujourd'hui! Ça te dit?

— C'est que...

— Non, non! Pas de protestations! Tu es peut-être gêné? À ce qu'Annie m'a dit, tu n'as aucune raison, au contraire! De plus, je suis habile avec un rasoir et très professionnelle; je vois un tas d'hommes nus tous les jours et je te promets, je serai douce.

N'ayant rien à ajouter, Frédéric se laissa faire. Il eut cependant un moment d'hésitation quand il vit Gloria se diriger vers la porte, chuchoter quelque chose à l'oreille d'une autre infirmière et la refermer.

— Enfin seuls...

Elle s'approcha du lit et déballa ses accessoires. Elle lui frotta le visage avec une débarbouillette fraîche et l'enduisit de mousse odorante.

— Tu ne trouves pas qu'il fait chaud, ici?

Frédéric n'était pas de cet avis, mais il s'abstint de dire quoi que ce soit. Gloria dégrafa les deux premiers boutons de son uniforme, juste assez pour que sa victime puisse admirer le superbe soutien-gorge, si blanc contre sa peau sombre. Un petit crucifix doré ornait la gorge de la belle et fascinait Frédéric. Il le regardait se balancer au creux des seins envoûtants et aurait bien aimé être à sa place. Gloria savait manier le rasoir de façon admirable, mais le lit encombrant et le plâtre du côté droit gênaient ses mouvements. Elle l'aida à se lever et l'installa sur la petite chaise placée au coin de la chambre. Le souffle court, Frédéric la regarda écarter les jambes pour s'installer devant lui, à proximité de son visage, exposant un adorable porte-jarretelles assorti à ses bas. Qui aurait cru que de si jolis accessoires puissent être tout aussi suggestifs avec d'ordinaires chaussures aux semelles de gomme? En fait, Gloria aurait rendu n'importe quel vêtement séduisant. Le bas de son uniforme reposait maintenant tout contre le membre de Frédéric qui s'éveilla en un sursaut. Plus de sommeil de ce côté-là! Ses cuisses lui enserraient légèrement les hanches et elle était si près de lui que Frédéric pouvait admirer le grain de sa peau, sentir sa douce haleine. Ses seins merveilleux se balançaient impitoyablement devant ses yeux et Frédéric pouvait sentir son érection palpiter à la simple vue du porte-jarretelles. C'en était trop! Il songea à protester, mais elle travaillait si fort et si bien qu'elle avait déjà presque terminé l'étape du rasage. Le souffle court, il choisit de se laisser gâter.

— Tu me sembles souffrant... peut-être vaudrait-il mieux t'étendre un peu et me laisser faire?

Elle l'aida de nouveau à se lever, serrant son corps incroyable contre celui de Frédéric et le reconduisit au lit, dans lequel elle le fit s'étendre.

Puis, Gloria partit vers la toilette et en revint avec une bassine remplie d'eau. Elle retira la chemise d'hôpital de Frédéric, recouvrant son bas-ventre du drap et entreprit de le savonner doucement. Elle lui nettoya les oreilles et le cou, frotta en massant les épaules et s'attarda sur sa poitrine, fit descendre l'éponge le long des côtes et sur son ventre. Elle lava ensuite ses mains langoureusement, glissant lentement sur chaque doigt. Elle reprit son manège et s'attarda davantage sur sa poitrine, caressant ses petits mamelons maintenant érigés et qui étaient, chez lui, extrêmement sensibles. Elle sourit en apercevant les frissons qui parcouraient le haut de son corps et qui secouaient le drap reposant sur son ventre.

— Tu préfères que j'arrête? Je peux appeler un préposé pour terminer...

— Heu... non, c'est très bien comme ça...

Sa tête essayait de trouver des raisons pour la faire

arrêter, invoquant des images d'une petite amie à laquelle il devrait être fidèle. Mais son autre tête, celle qui prenait finalement toutes les décisions, intervint. Il vit plutôt danser devant ses yeux des images d'Annie, l'infirmière de la veille et Gloria, toutes deux avec lui, dans ce stupide lit d'hôpital. Et lui, Frédéric, étendu là sans bouger, la langue pendante, ne sachant plus très bien où donner de la tête. Peut-être, après tout, son instinct était-il bon et connaissait-il ces superbes jeunes femmes? Peut-être même faisaient-elles partie des nombreuses conquêtes auxquelles sa mère avait fait allusion? Mais alors, pourquoi ne lui révélaient-elles pas la nature de leur relation? Si tel était le cas, il devait admettre qu'il avait du goût! Annie et Gloria étaient sans doute les plus belles femmes qu'il soit donné à un homme de connaître et, bien que très différentes l'une de l'autre, elles faisaient naître en lui un désir intense, comme en témoignait son corps de façon évidente.

Gloria sentit son trouble et sympathisa. Elle retira le drap le recouvrant et entreprit de laver le reste de son corps. Elle s'empara d'abord des deux pieds simultanément, qu'elle aspergea d'eau tiède et savonna généreusement. Elle massa fermement les orteils, puis les chevilles, et enfin les mollets. Elle se servit de ses deux mains pour attaquer savamment chaque cuisse, avant de le retourner doucement de côté. Elle déposa un minuscule baiser sur l'ecchymose de la hanche, puis sa main effleura ses fesses endolories et les savonna avec douceur. Mais son autre main glissait subtilement et délicatement sur sa hanche, se retrouvant dangereusement près de sa queue au bord de l'éruption. Frédéric poussa un petit gémissement.

— Chut! ne crains rien, je t'ai dit que j'allais être douce!

Et elle le fut. Elle déboutonna le reste de son uniforme et glissa le membre de Frédéric entre ses seins. Elle ondula comme un adorable serpent et Frédéric était fasciné par la

vue du petit crucifix qui suivait fidèlement chaque mouvement, se balançant au-dessus de sa queue dressée. Gloria empoigna solidement un sein dans chaque main, les collant l'un
sur l'autre en un somptueux étau. Puis, elle reprit ses ondu-
lations, d'abord tout doucement, avant de lui imposer un
rythme plus convaincant. Frédéric était fou de désir pour
cette femme qu'il ne connaissait que depuis quelques instants
et sentait qu'il allait exploser. Il n'osait toutefois tenter la
moindre caresse, la moindre étreinte, de peur qu'elle ne s'arrête et disparaisse pour toujours. Il tenta de se dégager, de la
faire arrêter, continuer, accélérer, ralentir... sa volonté s'était
évanouie en un clin d'œil et il aurait tout donné pour que
Gloria grimpe sur le lit et l'entraîne dans une chevauchée dia-
bolique. Au lieu de quoi, son rythme ralentit, son corps
s'éloigna d'un Frédéric incrédule et elle se mit à remballer
ses affaires.

— Quoi??! Mais qu'est-ce que j'ai fait? Pourquoi arrêter
maintenant? Tu ne peux pas partir comme ça!

— Oh! je reviendrai peut-être... si tu en as toujours
envie...

Elle laissa le jeune homme en proie à un désir bouillant
contempler son corps époustouflant, avant de reboutonner
son uniforme. Frédéric, dont la vue était embuée, l'admirait
sans réserve et crut qu'elle hésitait. Elle se pavana devant lui,
empoigna ses seins magnifiques, glissa un doigt sous sa culotte et se caressa légèrement.

— Plus tard, peut-être.

Puis, elle le quitta. Et c'est au moment où la porte se refermait que Frédéric sentit, à nouveau, un jet tiède s'échapper
de son membre.

* * *

Il ne l'avait pas revue avant la fin de son quart. Il était

maintenant près de neuf heures et il comprit qu'elle était partie sans le revoir quand une infirmière entra dans sa chambre. Il était tout excité à l'idée de retrouver Annie plus tard, ce jour-là, et espérait passer l'attente en bonne compagnie, mais la dame qui lui apparut n'avait rien en commun avec elle ni avec Gloria, d'ailleurs... Elle demeura silencieuse en prenant sa température. Elle ne l'avait même pas salué en entrant, se contentant d'examiner son plâtre et son pansement avec des gestes brusques. Ses mains n'avaient pas non plus la douceur de celles d'Annie; elles étaient sèches, rugueuses. Mais ce n'était pas là le plus triste. Frédéric se sentit choyé d'avoir eu jusque-là, pour s'occuper de sa petite personne, deux jeunes femmes d'une beauté sublime, sans doute les plus jolies infirmières de l'hôpital, sinon de la profession entière! Toutefois, il était clair que sa chance avait tourné et la beauté des deux précédentes rendaient la déception amère devant celle qui était maintenant près de lui.

Tentant d'être poli et amical, Frédéric tenta de savoir si elle avait vu son docteur et si elle avait une idée du moment où il pourrait retourner chez lui. Elle grommela qu'elle n'avait vu aucun médecin ce matin, ils étaient probablement trop épuisés de leur partie de golf de la veille, et que ce n'était pas à elle de décider combien de temps il resterait là. Frédéric ne fit aucun effort supplémentaire, la laissant continuer son devoir dans un silence qui devint vite oppressant. Elle lui demanda s'il avait envie d'uriner et la seule pensée d'exposer son pauvre sexe à cet ogre effraya tellement ce dernier qu'il rapetissa au point de disparaître presque complètement. Il était temps pour Frédéric de se débrouiller tout seul! Elle le quitta enfin et Frédéric commença à songer à ce qu'il ferait de sa journée.

Il lui était impossible de lire ou de pratiquer quelque autre activité. Il pourrait sans doute téléphoner, mais à qui? et il n'avait pas encore de télé. Bref, il s'ennuyait déjà à mourir.

Mais après avoir fait un décompte méticuleux de tous les meubles et accessoires qui l'entouraient et s'être encore creusé l'esprit pour faire émerger ses souvenirs, il fut étonné de s'apercevoir que quelques heures s'étaient déjà écoulées. Son ogresse d'infirmière lui apporta un plateau de repas en maugréant: «Je suppose qu'il va falloir le faire manger en plus, celui-là!» Frédéric se sentait incapable d'avaler la moindre parcelle de nourriture, si elle lui était offerte par cette femme. Il ne prit pas la peine de répondre et regarda son plateau. Pas très ragoûtant... il n'avait pas vraiment faim. Il préféra attendre l'arrivée d'Annie, se contentant de grignoter un morceau de pain et de faire une petite sieste.

* * *

Son horrible infirmière n'était revenue qu'une fois et cela suffisait amplement à Frédéric. Dès seize heures, il attendait impatiemment l'arrivée d'Annie, qui passerait sans doute le voir en commençant son quart de travail. Mais à seize heures quinze, elle n'était toujours pas là. Frédéric était amèrement déçu, mais se dit qu'il y avait aussi Gloria, qu'il verrait peut-être dès le lendemain matin. De plus, il valait peut-être mieux se reposer un peu. Ainsi, pourrait-il se concentrer sur sa guérison, tout faire pour tenter de se souvenir et peut-être retourner enfin à la maison. Il demanderait au médecin de faire venir cette mystérieuse voisine. Annie et Gloria pourraient sans doute mieux profiter de lui et de tout ce qu'il avait à offrir une fois guéri et sa mémoire retrouvée. Ses belles résolutions durèrent exactement quatre minutes, jusqu'à l'arrivée d'une très jolie blonde qui se présenta à sa chambre.

— Bonjour! Je suis Élise, c'est moi qui m'occuperai de vous, ce soir!

Frédéric fut ébloui sur-le-champ. Elle était adorable! Plutôt petite, menue, elle avait un corps et une allure de sportive. Ses longs cheveux blonds cendrés étaient retenus en une simple queue de cheval qui se balançait au rythme de ses pas. Ses yeux bleus, lumineux, vifs comme l'éclair, semblant déchiffrer chacune des pensées de Frédéric. Légèrement hâlée, mais d'un bronzage doré venant davantage du grand air que de nombreuses sessions de rôtissage, son nez et ses pommettes étaient parsemés d'adorables taches de rousseur. Elle était véritablement à croquer, tout à fait le style de Frédéric. Pas maternelle comme Annie ni dominatrice et imposante comme Gloria, seulement douce, féminine, pimpante et incroyablement séduisante. Et elle aussi lui semblait étrangement familière.

Frédéric lui retourna son bonjour en balbutiant. Elle s'enquit de son état, demandant s'il souffrait et s'il avait vu son médecin. Elle lui apprit qu'il sortirait sans doute de l'hôpital dès le lendemain après-midi, si les examens prévus pour la matinée étaient conformes aux espérances du médecin et du neurologue consultant. Cette nouvelle l'emplit de joie. Il lui demanda combien de temps il devrait garder le plâtre et le pansement, mais elle l'ignorait. Pendant qu'elle lui parlait, elle s'était approchée et avait débuté son examen de routine. La température paraissait normale et le reste aussi encourageant.

— Mes collègues m'ont dit que vous aviez une vilaine ecchymose sur la hanche. Faites voir...

Frédéric souleva le drap juste ce qu'il fallait pour qu'elle puisse regarder l'ecchymose et fut mortifié de voir son membre insolent se dresser bien haut. Il ne pouvait pas se tenir un peu tranquille, celui-là? Il n'était pas obligé de se donner en spectacle devant toutes les jolies filles qui passaient! Et, en pensant au nombre de jolies filles qui, justement, s'étaient présentées à lui dernièrement et leur attitude envers lui, son sexe sursauta et grandit davantage.

Élise se contenta de sourire et d'examiner l'ecchymose,

puis de vérifier l'état de la peau autour du plâtre. Elle suggéra d'y appliquer une crème hydratante, afin d'éviter la démangeaison qui ne tarderait sans doute pas à se manifester. Frédéric s'empressa d'accepter — au point où il en était! — et la torture recommença. Élise avait de grandes mains. Elle palpa d'abord le haut de son bras et l'épaule, puis enduisit son ventre et ses côtes de lotion onctueuse avec force, mais sans provoquer la moindre douleur. Celle-ci se manifesta plutôt au niveau de ses pauvres testicules, lorsqu'elle étendit la crème sur son torse, ses côtes et son ventre. Elle frotta, frotta et lui durcit, durcit. Elle se rendit aux jambes du patient, s'amusant à dessiner des arabesques à l'intérieur de ses cuisses. Puis, ce fut encore le ventre, la taille, les reins. Frédéric tentait de se déplacer pour l'accommoder de son mieux, mais il était paralysé par ce que dévoilait la fermeture éclair maintenant rabaissée de son uniforme: pas du tout le type de sous-vêtements aguichants, recouverts de dentelle, à la Gloria. Non, pas Élise. Elle portait ce genre de soutien-gorge de coton, presque une camisole, sous laquelle ses petits seins se balançaient doucement. Leur pointe bien dressée était mince et pointue et Frédéric eut un besoin subit d'y goûter. Il désirait voir ce corps doré et ferme, son ventre plat s'ouvrir à son membre exigeant. Il voulait caresser ce sexe qu'il devinait délicat et étroit. Il voulait, il voulait...

Pendant ce temps, Élise avait enduit son membre gonflé à l'extrême de crème. Elle glissait sa main de la base au gland, pressant délicatement la verge comme un fruit bien mûr. La friction était délicieuse, veloutée. Frédéric ferma les yeux un moment, se laissant aller à savourer l'exquise sensation. Il avait la ferme intention d'être moins passif avec Élise qu'il ne l'avait été avec les autres et se demandait quel geste il poserait pour la débarrasser de ses vêtements, afin de sentir ce corps capiteux contre le sien. Il en avait oublié Annie et Gloria. Pas qu'elles pâlissent en comparaison d'Élise, mais

Frédéric était subjugué par le moment présent. Il allait l'attirer à lui et l'embrasser, faisant transparaître dans ce baiser tout le désir qu'il ressentait. Alors qu'il allait étirer le bras vers elle, elle interrompit sa délicieuse caresse:

— Voilà, c'est terminé. J'espère que cela vous sera plus confortable.

Frédéric était abasourdi, encore une fois en proie à un désir inextinguible. Mais plutôt que de s'arrêter à sa frustration, il se demanda combien d'hommes avaient ce genre de chance. Quel pourcentage d'hommes, sur la terre entière, pouvait se vanter d'avoir attiré les grâces de trois femmes aussi belles et désirables? Il devait être béni des dieux et être vraiment tout un séducteur! L'idée qu'il était du type d'homme auquel nulle ne résistait lui plaisait énormément et il n'y voyait aucun problème. Il trouvait, au contraire, que ce trait de personnalité lui collait très bien à la peau et correspondait à l'homme qu'il semblait être. Cependant, une pensée déplaisante s'insinua lentement dans son esprit, sans qu'il parvienne à l'en chasser. Ces trois femmes, si belles et charmantes, qu'il semblait connaître de près ou de loin... Frédéric espérait qu'il ne s'agissait pas de femmes qu'il avait un jour séduites et laissé tomber pour une autre. Elles ne méritaient rien de moins qu'un parfait gentleman! Mais le fait qu'elles étaient si attentionnées envers lui et semblaient prendre plaisir à lui prodiguer tant de soins particuliers lui laissait croire qu'il n'en était rien. Comme l'avait dit Annie, ils n'habitaient pas une très grande ville et s'étaient sans doute croisés dans un bar ou dans la rue. Frédéric les aura simplement remarquées. Il faudrait être fou pour ne pas se retourner sur leur passage!

Pour récapituler, Frédéric Buissonneau était donc très populaire auprès des femmes, vivait seul et confortablement dans une banlieue paisible, n'avait pas de petite amie particulière. Cela semblait néanmoins représenter, après les événements marquants des derniers jours, un avantage plus qu'un inconvénient. Les morceaux du casse-tête commençaient à s'emboîter à merveille. Il restait, évidemment, beaucoup de détails à découvrir, mais les choses se présentaient plutôt bien.

Encouragé, il décida enfin de demander à son médecin de faire venir sa mystérieuse voisine qui, si elle le connaissait au moins mondainement, pourrait sans doute l'éclairer sur certains points de sa vie. Le médecin accepta de la contacter et lui confirma qu'elle viendrait le voir dès le début de la soirée.

Frédéric attendait sa visiteuse avec impatience. Il espérait tant qu'elle pourrait faire resurgir quelques souvenirs qui, à leur tour, déclencheraient le retour tant attendu de sa mémoire. Vers dix-neuf heures, Élise revint le voir pour s'assurer que tout allait bien et, après qu'elle eut terminé son examen sommaire, la porte de la chambre s'ouvrit sur une Annie toute pimpante. Surpris, il demeura silencieux et remarqua qu'elle semblait très bien connaître Élise, puisque les deux femmes échangèrent un sourire de connivence. Elle s'approcha du lit et lui sourit. La porte de la chambre s'ouvrit à nouveau, laissant cette fois entrer Gloria dans toute sa splendeur. Elle se joignit à Annie et Élise et regarda Frédéric en lui adressant un petit clin d'œil. Puis, une quatrième femme pénétra dans la chambre et Frédéric reçut un choc. En voyant sa voisine, la belle Sylvie-Anne, l'accident qui l'avait conduit à l'hôpital et tout ce qui le précédait lui revint en mémoire, l'assaillant de front.

Sylvie-Anne, l'infirmière. Lui, Frédéric, non pas un professionnel, mais plutôt un chômeur. Et la maison... c'était celle de son père qui l'hébergeait par pitié.

Il se souvenait de Sylvie-Anne, Sylvie-Anne qu'il trouvait si belle! Il était beaucoup trop timide pour l'approcher...

La honte l'envahit lorsque Frédéric se souvint qu'il

l'épiait souvent le soir, lorsqu'elle se déshabillait devant sa fenêtre.

Un chaud lapin, lui? Il n'avait pas fait l'amour depuis déjà trop longtemps.

Il revoyait clairement Annie, Élise et Gloria, chez Sylvie-Anne, qui se baignaient et lui, dans l'échelle pour mieux les voir... admirer ces corps presque nus exposés au chaud soleil de l'après-midi.

Finalement la chute, quand elles avaient retiré leur maillot...